L'HOMME QUI ENTENDAIT SIFFLER UNE BOUILLOIRE

Ouvrage édité sous la direction
de Pierre Filion

Leméac Éditeur remercie le ministère du Patrimoine canadien, le Conseil des arts du Canada, la Société de développement des entreprises culturelles du Québec (SODEC) et le Programme de crédit d'impôt du Gouvernement du Québec du soutien accordé à son programme de publication.

Toute adaptation ou utilisation de cette œuvre, en tout ou en partie, par quelque moyen que ce soit, par toute personne ou tout groupe, amateur ou professionnel, est formellement interdite sans l'autorisation écrite de l'auteur ou de son agent autorisé. Pour toute autorisation, veuillez communiquer avec l'agent autorisé de l'auteur : John C. Goodwin et ass., 839, rue Sherbrooke Est, bureau 200, Montréal (Québec), H2L 1K6.

Tous droits réservés pour tous les pays. Toute reproduction de ce livre, en totalité ou en partie, par quelque moyen que ce soit, est interdite sans l'autorisation écrite de l'auteur et de l'éditeur.

© LEMÉAC, 2001
ISBN 2-7609-2215-4

© ACTES SUD, 2001
pour la France, la Belgique et la Suisse
ISBN 2-7427-3597-6

Illustration de couverture :
© Emmanuelle Anquetil

MICHEL TREMBLAY

L'HOMME QUI ENTENDAIT SIFFLER UNE BOUILLOIRE

roman

LEMÉAC / ACTES SUD

*Patience et longueur de temps
Font plus que force ni que rage.*
La Fontaine

*Pour les docteurs Jean-Jacques Dufour
et Gerard Mohr, qui m'ont sauvé la vie
le 10 juin 1998*

Première partie

MENACE DE TEMPÊTE

La première fois qu'il entendit le bruit, il venait de se mettre au lit. Épuisé. Le tournage s'avérait plus long, plus difficile que prévu, la star féminine pire que la réputation qui la précédait et, depuis des jours, il perdait un temps précieux et onéreux à rassurer une grisonnante gourde à la teinture douteuse – il détestait les perruques au cinéma – que son évident alcoolisme empêchait de mémoriser ses répliques pourtant courtes et qui mettait la faute des prises ratées sur le dos de ses partenaires. Cela exigeait de lui une patience qu'il croyait avoir perdue depuis longtemps et qu'il ne retrouvait pas avec plaisir. Pour lui, la patience était devenue une perte de temps et d'énergie ; il préférait de beaucoup crier pour obtenir ce qu'il voulait que d'expliquer sans faire de vagues ses besoins et souhaits. Cela se savait, c'était presque inscrit au contrat de chacun : Simon Jodoin n'était pas du monde, il ne traitait pas toujours ses collaborateurs avec subtilité, il lui arrivait d'être ridiculement injuste et parfaitement de mauvaise foi, mais ses films étaient formidables et, passé l'agonie du tournage, on était toujours fier de lire son propre nom au générique.

Mais l'agent de la star avait été très clair. Depuis sa dépression, elle était plus que fragile et lui crier par la tête ne donnerait rien. Il allait donc puiser il ne savait où un reste d'endurance qui étonnait toute son équipe, mais le producteur, lui, n'était pas dupe : la blonde vendait des tickets et le réalisateur, aussi génial fût-il, avait besoin du succès commercial qui lui échappait depuis quelques films et que la présence de l'actrice au générique lui assurait presque. Il se retrouvait donc au milieu d'une situation-cliché qui l'humiliait un peu. Résultat : un épuisement différent de celui qu'il connaissait d'habitude, des tonnes d'aspirines, avalées ou croquées, pour essayer de calmer, faute de les tuer, les migraines qui le galvanisaient chaque fois qu'il avait une prise à faire avec la vedette de son film. Il avait même songé un moment à se remettre à la coke, mais son cœur n'était plus ce qu'il avait été et la coke non plus...

D'ailleurs, cette nuit-là, Simon crut tout d'abord que c'était son cœur qui faisait des siennes. Mais le bruit, le bourdonnement plutôt, un son bas et sans modulation, comme une pression sur son tympan gauche, ne ressemblait pas à un battement de cœur et il se demanda si les spaghettis carbonara qu'il venait d'ingurgiter trop vite en compagnie de son producteur enragé de voir avec quelle lenteur avançait le tournage n'étaient pas la cause de ce malaise.

Il pensa ensuite que la fournaise à l'huile – en plein mois d'août ! – s'était déclenchée, parce qu'à bien y réfléchir, cela semblait provenir de l'extérieur de son corps, d'un point imprécis de la maison quelque part à un étage inférieur, le rez-de-chaussée peut-être, ou la cave, mais en tout cas assez éloigné. La cave ? Oui, cela ressemblait au bourdonnement distant, vague et rassurant de la fournaise quand il l'allumait la première fois pour tuer l'humidité d'octobre. Mais l'air était collant, les draps presque mouillés, il avait fait trente-trois degrés une bonne partie de la journée. Malgré l'absurdité de la situation, il se leva, descendit tout nu à la cuisine, se versa un verre de Vichy Célestins et ouvrit la porte de la cave. Il pensa à la quantité effroyable de mauvais films d'horreur qu'il avait dévorés tout au long de sa vie – encore aujourd'hui, il lui arrivait de se cacher pour aller voir un de ces navrants navets à la violence gratuite et souvent franchement grotesque – ; il revit l'héroïne en robe blanche qui descend l'escalier, les yeux ronds et les cheveux savamment décoiffés, avec ou sans couteau à la main, pendant que la musique vous prévient que l'effroi total vous attend, alors que la plupart du temps on se contentera de vous jeter à la figure un inoffensif chat noir ou un autre de ces *serial killers* qui polluent les écrans depuis trop longtemps. Il imagina Barbara Steele, l'idole de son adolescence, ses yeux de biche et son sourire d'acier, ses déshabillés transparents, surtout, le sang foncé et épais des films d'horreur en noir et blanc, les seuls qui ne lui aient jamais fait peur. Il haussa les épaules, alluma la lumière.

Le sous-sol était frais et il se dit pour la millième fois qu'il devrait y installer un lit pour les nuits trop collantes du milieu de l'été. Le pandémonium régnait dans la grande pièce qui faisait toute la grandeur de la maison. Tout ce qu'il avait brisé depuis son déménagement dans cette propriété trop vaste pour une personne seule gisait pêle-mêle dans un fouillis inextricable : les nombreux meubles achetés dans des encans et qu'il avait essayé de rénover pour finir par mettre la hache dedans parce qu'ils lui résistaient, deux vieux téléviseurs dont un défoncé à la suite d'une émission particulièrement mauvaise qui avait pourtant gagné des Génies au dernier gala, des skis, des bâtons de golf – neufs, ceux-là, un autre cadeau inutile et stupide d'un producteur qui le connaissait mal – ; bref, toutes ces choses dont on ne sait pas quoi faire et qui finissent en tas dans l'endroit le plus retiré de la maison.

Le bourdonnement continuait, mais ne se rapprochait pas.

Évidemment, la fournaise était éteinte. Simon ne s'était pas attendu à la trouver ronronnante non plus. Mais pourquoi avait-il pris la peine de descendre jusqu'ici ?

Il se glissa l'index dans l'oreille gauche, l'agita. Peut-être un peu de cérumen. Ou bien une quelconque bibite qui se serait aventurée par là. Aucun changement. S'il avait écrasé la bibite, elle continuait quand même à bourdonner, la maudite.

La fatigue, alors. L'épuisement, plutôt, parce qu'il était vraiment au bord de s'écrouler. La rage trop longtemps retenue d'avoir à supporter cette folle au comportement monstrueux qui croyait que l'univers gravitait autour de sa petite personne ?

Cela lui était-il monté à la tête ? Au cerveau ? Au tympan ? Certainement quelque chose du genre. Et demain, ses spaghettis digérés, sa rage contrôlée, rien n'y paraîtrait plus et l'épisode de la fournaise allumée en août serait oublié.

Il vida son verre de Vichy, attendit en vain un soulagement qui lui replacerait l'estomac. Cela gargouillait, oui, il sentait l'eau salée faire son travail de débouche-tuyau, mais le rot libérateur ne vint pas et il remonta se coucher encore plus frustré. Le gras de bacon mélangé aux œufs et au parmesan l'alourdissait, il maudit le moment où il avait laissé à son producteur le soin de composer leur menu. Il remonta, éteignit, se remit au lit en agitant encore l'index dans son oreille gauche. Le bourdonnement semblait maintenant provenir du creux de l'oreiller. Cette fois, cela s'était rapproché.

Et ce n'est qu'en se réveillant, quelques heures plus tard, alors que le petit jour se levait, que Simon entendit le sifflement qui allait transformer sa vie à tout jamais.

Il pensa pendant un instant qu'il s'était endormi à la petite table de la cuisine et que la bouilloire sifflait. Il s'éveilla en sursaut, s'étonna de se retrouver dans son lit, puis se rendit compte que le bourdonnement de la nuit était devenu un sifflement aigu des plus désagréables, mais il se rassura en se disant que c'était de bon augure : le bruit allait se perdre, comme cela arrive souvent, dans les notes hautes et il finirait par ne plus l'entendre du tout. Tout cela était probablement dû à la pression que le film exerçait sur ses nerfs.

Il décida donc de ne pas trop s'en préoccuper, la journée qui l'attendait étant particulièrement délicate. La star allait en effet croiser son partenaire pour la première fois et cela risquait de produire des étincelles. Ils avaient été amants, s'étaient laissés au milieu d'un scandale public des plus vilains et avaient accepté de rejouer ensemble, du moins c'est ce que Simon croyait, à cause de l'argent dont ils avaient tous deux grandement besoin. Ils avaient juré chacun de son côté que seule la perspective de tourner avec lui, le grand metteur en scène, l'un des seuls au Québec à savoir diriger les acteurs, notre Bergman, notre Antonioni, les avait convaincus de revenir au cinéma, mais il en doutait. Ni l'un ni l'autre n'avait tourné durant l'année précédente. En tout cas, une actrice qui aime se laisser diriger par son metteur en scène ne se conduit pas comme elle le faisait depuis le début du tournage !

En se rasant, Simon se surprit à agiter son index dans l'oreille gauche comme il l'avait fait pendant la nuit. C'était quand même embêtant, ce bruit parasite. En plus de la bouilloire, il se surprit à penser au vendeur ambulant de patates frites, quand il était petit, qui annonçait sa venue avec un sifflement semblable à celui qu'il entendait en ce moment. Il revit la bande d'enfants attendant impatiemment au bord de la rue, un dix cents à la main, le camion transformé en cantine qui s'approchait en lançant son appel de sirène urbaine, prometteur de gras saturé et d'odeur pénétrante de graillon. Les frites elles-mêmes, molles et brûlantes, aspergées de vinaigre et de sel. Filmer tout cela, un jour, le recréer, le rendre plus beau, plus intéressant par la seule magie de l'imagination…

Il revint vite à lui parce qu'il venait de se couper au menton.

Il n'allait quand même pas transporter ce bruit-là avec lui toute la journée ! Surtout qu'il avait l'impression de moins bien entendre, tout à coup. Il se boucha l'oreille droite, hurla quelques mesures de *Après un rêve*. Non, il n'entendait pas moins qu'hier. Il refit la même chose en se bouchant l'oreille gauche. Pour se rendre compte qu'il entendait beaucoup mieux du côté droit. Il fronça les sourcils, se regarda droit dans les yeux.

« T'es pas en train de nous vivre un petit déni comme toi seul en as le secret, là ? Tu t'en doutes pas depuis un bon moment que t'entends moins bien du côté gauche et que ça cache peut-être quelque chose ? »

Mais il n'avait vraiment pas le temps de se préoccuper d'un détail comme celui-là, et il quitta la maison sans prendre son petit déjeuner, se disant qu'il allait piger dans le *craft* – plutôt bon, d'ailleurs, le traiteur méritait sa grande réputation – avec les acteurs et les techniciens.

En entrant dans la salle de maquillage, il retrouva ses deux acteurs dans les bras l'un de l'autre. Ils se confondaient en excuses, se demandaient pardon en pleurant, se pardonnaient à grands coups de baisers sonores, juraient qu'ils allaient désormais devenir les deux meilleurs amis du monde, s'appeler pour déjeuner, se fréquenter, échanger, quoi, se rapprocher, ne plus se laisser, surtout ne plus se perdre de vue. Une caricature de réconciliation dont personne n'était dupe. Autour d'eux, la moquerie se lisait au fond des regards. Ils ne croyaient quand même pas faire illusion au milieu d'un groupe de quatre maquilleurs et de trois coiffeurs de cinéma ! Après les embrassades – il lui fallut se joindre à leurs effusions et s'en trouva contrarié –, il commença à leur parler de la journée, en particulier des deux scènes délicates qu'ils auraient à jouer durant l'après-midi. Mais le cœur n'y était pas. Pourtant, il adorait tourner, se sentir en possession de tous ses moyens parce qu'il était toujours sous contrôle, archipréparé et qu'il savait où il allait, deviner qu'un groupe de quarante ou cinquante personnes n'attendait que son signal pour se disperser ou se regrouper, s'agiter, se dévouer, s'épuiser à la tâche dans le seul but de lui plaire, d'adhérer à sa vision du film à faire, film qu'il allait signer, lui, mais dont ils seraient tous fiers parce qu'ils y auraient tous participé. C'était en fin de compte aussi *leur* film, non ?

Le maudit sifflement l'empêchait de penser, de s'exprimer clairement surtout, et il se mit à bégayer comme lorsqu'il était enfant et que quelque chose le préoccupait.

L'actrice partit d'un grand éclat de rire.

« Ma foi du bon Dieu, Simon, tu bégayes ! »

Il toussa dans son poing, espérant ne pas avoir rougi devant cette sotte.

« Pendant mon enfance, je bégayais quand j'étais fatigué. Ça va passer. Occupe-toi pas de ça…

— T'as mal dormi ? Moi aussi ! Trop chaud ! Pis Michel *déteste* l'air climatisé, alors pas d'air climatisé ! »

Elle s'en voulut aussitôt d'avoir parlé de son amant actuel devant l'ancien, surtout que l'acteur avait fait une moue qui ne trompait pas en entendant le nom du Michel en question.

Les explications continuèrent à lui venir difficilement, il ne pensait qu'au maudit bruit qui semblait s'intensifier d'heure en heure, il *devenait* le parasite, il avait l'impression d'y être immergé, au point même que les autres devaient sûrement l'entendre eux aussi ! Il faillit annuler la journée de tournage pour courir au premier hôpital venu se jeter au pied d'un quelconque médecin en le suppliant de le débarrasser de ce sifflement qu'il avait dans la tête, ou alors de carrément lui arracher l'oreille gauche, mais il savait que c'était impossible, qu'il avait trop souvent reproché aux acteurs de retarder sans raison valable le tournage d'un film pour en être lui-même la cause.

Il dut puiser dans ses dernières réserves d'énergie pour se rendre au bout de sa journée de travail.

Qui fut épuisante. Tout était filtré à travers cette maudite bouilloire dont le sifflement, en fin de compte, ne se perdit jamais dans les notes hautes mais, au contraire, se fit de plus en plus persistant.

Il fut, si la chose est possible, plus implacable que jamais : il fit pleurer sa star trois fois, insulta son acteur en lui disant de diriger son énergie sur sa partenaire plutôt que sur la caméra, qu'il n'était pas là pour draguer la caméra mais son ancienne maîtresse, comme le rôle l'exigeait ; les croissants trop gras et le café trop fort du matin lui causèrent des brûlures d'estomac, il n'était pas content des costumes et agonit d'injures la maquilleuse parce qu'elle mettait trop de temps à retoucher la star qu'il avait lui-même déstabilisée en l'insultant sans vraie raison. Enfin bref, il fut tout au long de la journée l'enfant de chienne qu'il avait la réputation d'être et même un peu plus. Tous crurent qu'il était particulièrement en forme et que cela allait donner des *rushes* du tonnerre ; lui seul savait ce qui se passait vraiment et il craignait de voir, le lendemain soir, ce qu'il aurait réussi à tourner pendant la journée.

Les *rushes* de la veille jetèrent cependant un baume sur tout cela. Cela valait donc la peine, en fin de compte, de faire pleurer cette idiote ? Elle était plus que bonne, elle était merveilleuse, le savait et vint le remercier de la secouer pour extirper d'elle une telle vérité, une telle sincérité, une telle interprétation. Mais elle s'était placée à sa gauche pour lui parler et il se rendit compte qu'il lui fallait étirer le cou et se concentrer pour bien entendre ce qu'elle lui disait.

« Il me reste deux semaines complètes de tournage ! Et on a décidé de pas tourner les fins de semaine, ce qui fait que chuis pris du lundi au vendredi ! Je peux pas annuler même une demi-journée sans que ça soit suspect ! Surtout pas pour aller voir un docteur ! Si le producteur apprenait qu'il faut que je consulte un docteur ! Si les assurances l'apprenaient, surtout ! Vois-tu ça d'ici, toi, le vois-tu, le drame, si les assurances apprenaient que le réalisateur est allé consulter un oto-rhino ?

— Tu m'as appelé pour que je te donne mon avis, Simon, je te le donne, c'est tout ! T'en fais ce que tu veux, hein… »

Il avait enduré le sifflement de bouilloire pendant deux longues journées avant de se confier. Il ne voulait surtout pas embêter son ex-épouse et ses deux fils. À bout de nerfs, épuisé, la tête dans un étau, il avait fini, on était un mercredi soir, par téléphoner à son ami Jean-Marc qu'il n'avait pas vu depuis des lunes mais à qui il pouvait tout raconter, parce qu'il n'évoluait pas dans le milieu du cinéma et que le danger qu'il s'échappe devant quelqu'un qui ne devait rien savoir de tout ça était pratiquement nul.

« Y'a des cliniques ouvertes le samedi. Vas-y samedi.

— C'est là, là, tout de suite, que j'aurais besoin de consulter, Jean-Marc ! Dans la demi-heure qui vient ! En tout cas, avant le tournage demain matin ! Parce que j'veux pas voir un docteur pour me faire dire que j'ai quelque chose, j'veux voir un docteur pour me faire rassurer, pour faire rire de moi, pour me faire traiter d'hypocondriaque !

— Et si t'as vraiment quelque chose ?

— J'ai rien ! Y'est pas question que j'aie quoi que ce soit ! Pas au milieu d'un tournage ! C'est la fatigue, les nerfs, c'est tout ! Je veux un tonique, des pilules, d'la drogue s'il le faut, quelque chose qui va maintenir ma santé mentale pendant le reste du tournage. Ensuite, on verra. De toute façon, ça va peut-être disparaître d'ici deux ou trois jours et je m'en souviendrai même pas la semaine prochaine…

— Pourquoi tu m'as appelé, alors ?

— Pour me faire rassurer, c't'affaire ! Faute de mieux ! Faute de pouvoir me faire dire par un docteur que j'ai rien, je voulais me le faire dire par mon meilleur ami. Y me semble que c'est normal, non ? »

Jean-Marc et Simon se connaissaient depuis toujours. Nés de mères voisines et amies, ils avaient usé leurs culottes sur les mêmes bancs d'école, ils avaient haï et aimé les mêmes choses, ils avaient séché des cours pour aller au cinéma, au cirque, aux *Ice Follies* ; au début des années soixante, ils s'étaient même présentés trois après-midi de suite au cinéma Imperial pour assister à des matinées de *West Side Story* pourtant réservées aux adultes et en étaient ressortis en dansant dans la rue Bleury. La vie les avait séparés – le monde gay de Montréal n'avait jamais piqué la curiosité du réalisateur et s'il s'était quelque peu éloigné de Jean-Marc après la grande scène des aveux (ils avaient dix-huit ans), le dégoût n'entrait pas du tout en ligne de compte, c'était uniquement par manque d'intérêt de sa part –, mais ils s'étaient retrouvés, cinq ans plus tôt, autour d'un scénario que Jean-Marc avait écrit et que Simon avait accepté de tourner. Succès critique et populaire, quelques récompenses, même à l'étranger. Une notoriété presque neuve pour Jean-Marc, une plus grande réputation pour lui.

Puis, encore une fois, l'éloignement. Un coup de téléphone de temps en temps, un petit mot après un succès de l'un ou de l'autre, parce que Jean-Marc écrivait maintenant des romans très populaires…

« As-tu déjà entendu parler des acouphènes ? »

Simon faillit raccrocher, se retint pour l'unique raison qu'il avait besoin de se défouler sur quelqu'un.

« Oui, j'ai déjà entendu parler de ça ! C'est une maladie industrielle, Jean-Marc, c'est une maladie qu'attrapent ceux qui travaillent dans le bruit ou alors les chanteurs rock parce qu'ils se pètent les oreilles aux décibels toute leur vie, c'est pas une maladie de metteur en scène de cinéma ! J'ai beau avoir la réputation de crier par la tête à mes acteurs, je le fais pas au point de me donner des acouphènes, Jésus-Christ ! Il me semble que je me péterais la voix avant l'oreille interne !

— T'as écouté de la musique très fort toute ta vie…

— Pas au point de me donner des acouphènes, franchement, Jean-Marc !

— Qu'est-ce que t'en sais ?

— Je t'appelle pour que tu me rassures, et tu me donnes une raison de plus d'angoisser ! »

Jean-Marc avait-il quelqu'un dans sa vie ? Il se rendit compte qu'il l'ignorait et la pudeur l'empêcha de s'en informer. Ou, plutôt, le manque d'intérêt, une fois de plus : égoïstement, il voulait que la conversation reste centrée sur ses problèmes à lui, sur son mal de vivre à lui.

Il entendait son ami respirer à l'autre bout de la ligne. S'excuser ? Continuer à hurler parce que cela lui faisait du bien ? Raccrocher bêtement comme lorsqu'ils étaient adolescents et qu'il savait que Jean-Marc avait raison ? Ou attendre que l'autre, le plus raisonnable des deux, trouve une solution, comme d'habitude ?

« T'attends que je parle le premier, hein ?

— C'est fait. T'as parlé le premier. »

Jean-Marc rit.

« Comme toujours. Mais ça arrangera pas grand-chose... Je peux te dire tout ce que tu veux entendre, mais ça servira à rien, à longue ou à courte échéance. Va consulter un docteur, c'est la seule chose qui peut te rassurer vraiment. Cache-toi, vas-y pendant un break syndical, fais semblant d'avoir une rage de dents, t'as de l'imagination, t'as écrit les scénarios les plus sautés de toute l'histoire du cinéma québécois ! Le mien était le plus sage !

— Le tien a connu le plus de succès...

— Tant pis pour toi... T'avais juste à continuer de m'appeler... Mais non, tu veux toujours *tout* faire ! Si tu pouvais jouer le premier rôle féminin de tes films, tu le ferais ! Mais pour en revenir à ce qui nous préoccupe, y'a des cliniques partout dans la ville ! Présente-toi sans rendez-vous, fais comme tout le monde, pour une fois, attends patiemment ton tour en lisant un vieux numéro de *Châtelaine*. Ils vont examiner ton oreille, ils vont retirer un bouchon de cérumen gros comme une balle de golf, ils vont te faire un nettoyage, ils vont dire de te reposer et ça va être fini. C'est ça que tu voulais entendre, ben tu l'as entendu ! T'as rien, t'es en parfaite santé, ton film va sûrement être un chef-d'œuvre et rappelle-moi quand tu auras envie d'avoir de mes nouvelles plutôt que de te faire consoler comme un enfant gâté ! »

Jean-Marc raccrocha.

Et c'est vrai que ce coup de téléphone inutile n'avait rien changé. Non seulement le sifflement persistait, mais la boule dans sa gorge s'était resserrée et il se plia en deux dans son lit tant il avait peur.

Il ne pouvait pas continuer comme ça ! Les deux derniers jours avaient été trop pénibles et il ne se voyait pas continuer à diriger son film à travers ce filtre qui changeait la couleur des sons et qui l'exaspérait !

Il prit une longue douche très chaude en pensant que cela allait détendre ses nerfs, mais il en sortit affaibli, tout mou, et plus déprimé que jamais.

Et il rappela Jean-Marc pour s'excuser.

Et lui demander de ses nouvelles.

Jean-Marc n'avait personne dans sa vie.

Ensuite, Simon s'étendit sur le dos dans son lit et écouta le sifflement de bouilloire en sacrant.

« Merci beaucoup, docteur Harbour, d'avoir accepté de me parler pendant votre heure de lunch... et surtout si rapidement...

— Ce n'est rien... Je le fais pour rendre service à notre amie commune qui me dit que vous êtes très inquiet... Mais vous savez que je ne peux rendre un diagnostic sans vous rencontrer, monsieur Jodoin...

— Je le sais bien... Je sais que c'est ridicule de se parler au téléphone...

— En effet... Parlez-moi un peu de vos symptômes, j'ai exactement cinq minutes à vous accorder... Ensuite, nous prendrons peut-être rendez-vous... »

Simon en prit moins, fut le plus clair, le plus précis possible, tout en essayant de ne pas faire sentir son inquiétude au docteur qui ne l'interrompit pas une seule fois pendant qu'il parlait. Et qui ne fut probablement pas dupe de son désarroi.

« Vous avez déjà entendu parler des acouphènes ? »

Il faillit lui raccrocher la ligne au nez.

« Oui, j'ai déjà entendu parler des acouphènes… Un ami en a justement fait mention hier soir… Mais je ne crois pas que ce soit ça que j'ai…

— Comment pouvez-vous le savoir ? »

Quoi répondre ? « Ça n'arrive qu'aux autres » ? C'est tout de même ce qu'il avait envie de dire à cet imbécile qui n'en savait pas plus que Jean-Marc, la veille, et qui ne faisait rien pour le rassurer… Ce n'était pas une conférence sur les acouphènes qu'il voulait, c'était se faire dire qu'il n'avait rien !

« Monsieur Jodoin ? Vous êtes toujours là ?

— Oui, docteur Harbour, je suis toujours là… Mais je vous assure que…

— Je sais que c'est difficile à accepter et même à envisager, mais nous ne saurons rien si je ne vous vois pas…

— Johanne a dû vous dire que je suis en plein tournage et que c'est très difficile pour moi de…

— Elle m'a tout expliqué ça, oui, mais si vous voulez être rassuré ou, du moins, savoir ce qui se passe, ça sert à rien de vous contenter d'une conversation de cinq minutes au téléphone avec un oto-rhino... »

La moutarde commençait à lui monter au nez. Il voyait venir le moment où il enverrait bellement chier ce jeune prétentieux ignorant – en tout cas, la voix était trop jeune pour inspirer confiance ! – qui refusait de lui donner ce qu'il lui demandait.

« Pourquoi vous avez accepté de me parler, alors ?

— Je vous l'ai dit tout à l'heure, pour rendre service à Johanne Lachance... Et parce que je suis habitué à ce genre de résistance de la part de mes nouveaux clients... Écoutez, je sais que tout ça est angoissant... que la perspective de vous faire dire... Écoutez, je ne peux vous en dire plus au téléphone... Passez à mon bureau... disons demain, après les visites, vers les six heures. Je vais demander à mon assistante de rester un peu plus tard et de vous faire passer les tests...

— Les tests ? Quels tests ?

— Si nous voulons savoir ce que vous avez, il faut bien vous faire passer des tests, non ?

— Quelle sorte de tests ?

— Rien de bien dangereux. Vous le verrez quand vous serez ici. En attendant, moi, je dois vous laisser... Vous avez mes coordonnées ?

— Oui, mais...

— Alors à demain soir... C'est une fleur que je vous fais, vous savez, je pourrais vous faire attendre pendant des mois ! Alors soyez au rendez-vous. Sinon, ne me rappelez plus... Je ne suis pas un charlatan, je ne soigne pas au téléphone. »

Le docteur raccrocha.

Pendant le tournage, cet après-midi-là, il y eut une panne d'électricité qui dura trois heures.

Dans la nuit du jeudi au vendredi, Simon dormit très mal. La perspective d'affronter le docteur Harbour le lendemain le terrorisait. Qu'est-ce qu'on allait lui faire ? L'oto-rhino avait parlé de tests. Allait-on lui introduire des appareils dans l'oreille, pire, des aiguilles ou des instruments contondants ? Mais il pensa au tympan auquel il ne fallait pas toucher et cela le rassura un peu. Alors, on allait lui faire écouter de la musique ? Des bruits ? Les entendrait-il ? Il n'était pourtant pas sourd, il entendait parfaitement bien, non ?

Il était couché sur le dos, les yeux grands ouverts, il avait l'impression de dériver au fond d'un lac, parce que la nuit était plus qu'humide, elle était mouillée. Son corps avait depuis longtemps trempé les draps, son oreiller lui collait au cou, la brise qui entrait parfois par la fenêtre, tiède et charriant l'odeur de la ville en sueur, ne lui faisait aucun bien, au contraire, elle ne contribuait qu'à exacerber ses nerfs déjà pas mal éprouvés.

Et si cela n'arrêtait plus jamais ? Et si ce sifflement qui filtrait tout, qui posait sur les sons une espèce de note stridente conférant aux choses une présence acidulée, perçante, restait collé au fond de son oreille, sans espoir de rémission, tamis sonore tendu à tout jamais entre le monde et lui ?

Il posa la main sur son cœur. Des palpitations, comme s'il avait bu un double espresso avant de se coucher. Il essaya de contrôler sa respiration, de se calmer. Comment pouvait-il trouver le calme quand la chambre était remplie de ce bruit infernal qui ne provenait pas de l'extérieur – il aurait été si facile de se lever pour aller fermer la fenêtre ou resserrer le robinet ou crier au chien du voisin de se la fermer – mais qu'il portait en lui comme une maladie ? Incurable ? Il avait vérifié le mot acouphène dans *Le Larousse*. On ne parlait pas de maladie. On ne disait pas non plus que c'était éphémère ou intermittent. Ni que c'était permanent. Si c'était passager, il avait peur de devenir fou avant que ça passe, si c'était permanent... Il se tourna sur le côté droit en geignant comme un enfant. Il essaya d'imaginer le reste de ses jours, la vie quotidienne, chacune des secondes de sa vie quotidienne avec ce sifflement au fond de la tête.

Surtout, ne pas paniquer. Ne pas se laisser aller à la peur irraisonnable qui fait perdre le contrôle – même aux *control freaks* comme lui – et parfois faire des gestes qu'on regrette par la suite... Il se souvint d'avoir lu quelque part que Van Gogh se serait peut-être coupé l'oreille à cause d'un acouphène, justement, et il se vit en train d'essayer de retrancher de sa tête ce son abominable. La douleur que ça avait dû être ! Le désespoir, aussi, d'un homme qui en est rendu là !

Il se leva, fit couler un bain d'eau froide. Il était quatre heures moins vingt.

La fatigue le prit alors qu'il se glissait dans la baignoire. Il s'endormit presque immédiatement et rêva que le monde était une énorme boîte de carton remplie de petites boules de coton qu'il se fourrait dans l'oreille gauche pour ne plus rien entendre. Des tonnes et des tonnes de boules d'ouate qui jamais ne réussiraient à remplir le trou sonore qui creusait son crâne.

Il se réveilla en frissonnant. Pas de froid, l'eau avait tiédi dans la chaleur ambiante. Il eut de la peine à se sécher tant il grelottait. Ses dents claquaient, une vilaine chair de poule lui parcourait la peau et il se disait que jamais, au grand jamais, il n'aurait le courage de se rendre à son rendez-vous chez le docteur.

En sortant de la salle de bains, il se rendit compte que le jour avait eu le temps de se lever et qu'il était presque l'heure d'aller travailler. Combien de plans, aujourd'hui ? Il se rappela que c'était une petite journée. Tant mieux.

Il craignait de ne pas avoir la patience d'endurer les caprices de sa star féminine ni l'arrogance de sa star masculine, leur comportement infantile, leur vanité ridicule. On n'était tout de même pas à Hollywood, Jésus-Christ ! On n'avait pas les moyens ni le temps de se payer des fous furieux qui croyaient que l'univers tout entier scrutait chacun de leurs gestes et commentait chacune de leurs paroles ! Mais c'est lui qui les avait voulus, il avait cru pouvoir les dompter, les dresser, les mettre à sa main, alors que c'est eux qui étaient en train de l'avoir.

Eux et...

Il se coupa une fois de plus en se rasant.

C'était un cabinet de médecin tout à fait anonyme. Un bureau, une chaise, une table d'examen, des diplômes sur les murs, rien sur le carrelage dur où, l'hiver, les bottes des clients devaient laisser des filets de sloche quand ceux-ci n'avaient pas eu à attendre trop longtemps.

Le docteur lui-même, sa voix l'avait trahi, avait l'air d'un vieil enfant au visage toujours poupin passé quarante ans. Le sourire engageant, beau de sa personne, le regard sympathique et tirant sur le gris – plutôt rare pour un Québécois –, il aurait fait un bon candidat pour le cinéma. Même sans talent.

Après les présentations, un examen sommaire des oreilles et une description détaillée des symptômes que connaissait Simon depuis quatre jours, il alla droit au but. Sa journée à lui aussi était censée être terminée, après tout…

« Je vois, oui… Avant de vous dire quoi que ce soit, nous allons vous faire passer un bref examen qui nous permettra de vite évaluer l'état général de votre ouïe. »

Il se leva, ouvrit la porte de son cabinet.

« Vous êtes prête, Monique ? »

La pièce d'à côté ressemblait à l'intérieur d'un donjon. Et le cabanon où aurait lieu l'examen lui-même le fit frissonner. Un cubicule de bois faisant toute la hauteur de la pièce et fermé sur le devant par une porte aveugle. Simon pensa aussitôt à la célèbre vierge de Nuremberg, aux épines de métal qui transperçaient les victimes quand on refermait cette cage piégée sur elles, le sang qui dégoulinait sur la porte. Mais la vierge de Nuremberg, elle, était tout de même percée d'une petite fenêtre !

On n'allait pas l'enfermer là-dedans ! Puis il aperçut sur le côté droit de cette espèce de caisse posée debout au milieu de la pièce une assez grande fenêtre qui donnait sur une table de travail où trônaient toutes sortes de blocs métalliques garnis d'aiguilles et de cadrans reliés à deux ordinateurs ultra-sophistiqués.

« Êtes-vous claustrophobe, monsieur Jodoin ?

— Depuis dix secondes, oui. Vous allez pas m'enfermer là-dedans ? »

Elle sourit. Pour se faire rassurante ? Ne pas lui dire qu'il allait suer comme un cochon et mourir étouffé d'ici une demi-heure ?

« Ça dure à peine six ou sept minutes... Pis vous pouvez toujours me voir, à votre droite... Si vous vous sentez mal, vous me le dites, on vous sort de là quelques minutes, pis on continue...

— On continue ?

— C'est la seule façon qu'on a de voir rapidement l'état de votre ouïe, monsieur Jodoin, faut aller jusqu'au bout...

— Et si un vrai claustrophobe se présente, qu'est-ce que vous faites ?

— On passe tout de suite à la résonance magnétique. Vous savez ce que c'est ? »

Il ouvrit lui-même la porte du cubicule.

« Oui, et pour le moment, j'aime mieux ça... J'espère juste qu'on aura pas à en venir là... »

À l'intérieur de la cage, ça sentait beaucoup le renfermé, un peu la transpiration. Simon se demanda en s'installant sur le petit banc si Monique désinfectait chaque fois qu'elle avait terminé de s'en servir ou bien si les miasmes des centaines de clients qui passaient par là chaque année, leur crainte de perdre l'ouïe, leurs inquiétudes, leurs terreurs s'accumulaient en s'encastrant dans le liège brun des murs pour devenir cette odeur indéfinissable, fade mais persistante, qui lui soulevait un peu le cœur.

Elle lui mit un casque d'écoute. Il pensa encore à l'hygiène. Il ne voulait surtout pas être mis en contact avec du cérumen d'otite d'enfant de maternelle, ou quelque autre bactérie de maladie infectieuse…

Elle lui expliqua l'examen qu'il allait passer, referma la porte et s'installa à son bureau.

En commençant par les basses pour finir dans les hautes, elle lui fit entendre des centaines de notes ; Simon devait confirmer qu'il les entendait en disant « oui », clairement, chaque fois.

Du côté droit, cela fut facile et pas désagréable. Il crut les avoir toutes entendues et lançait ses « oui » avec enthousiasme, surtout dans les notes très hautes qu'il savait difficiles à entendre… Examen réussi, vingt sur vingt, il en était convaincu.

Il appréhendait le côté gauche, bien sûr. Et ce fut catastrophique.

Pour ce qui était des notes basses, aucun problème. *A piece of cake*. Il disait oui en souriant, regardait l'assistante du docteur Harbour pour attirer son approbation, comme un enfant, lui faire comprendre qu'il n'avait peut-être en fin de compte rien du tout. Mais, au fur et à mesure que les notes se firent plus aiguës, le poids qu'il ressentait au cœur depuis le lundi précédent revint avec force et son sourire disparut pour faire place à une expression de perplexité qu'il ne put retenir tant sa surprise était grande.

Très rapidement, il se mit à moins bien entendre, puis, d'un seul coup, il n'entendit plus rien. Plus rien d'autre que le maudit sifflement de la maudite bouilloire. Il regarda l'assistante pour voir si elle ne lui jouait pas un tour, si elle n'avait pas interrompu l'examen dans le but de vérifier son attention. Elle comprit, lui fit un petit sourire triste.

Un grincement dans son oreille droite.

« Vous m'entendez bien, monsieur Jodoin ? »

Il eut envie de répondre : « Air bête ! Tu me parles du bon côté ! » Mais il se retint, fit signe que oui.

« Ça va, vous êtes pas paniqué, vous vous sentez pas trop enfermé ?

— Non, non...

— Parce que vous me répondez pus depuis une minute ou deux...

— J'vous réponds pus depuis une minute ou deux, mademoiselle, parce que j'entends pus rien depuis une minute ou deux... »

Elle sentit son angoisse, sa confusion, et baissa les yeux.

« De toute façon, l'examen est terminé... Vous pouvez aller rejoindre le docteur Harbour... J'imprime les résultats, ça va prendre cinq minutes, pas plus... »

« Vous voyez, le graphique indique, ici, une diminution importante de l'ouïe, à gauche...

— De combien ?

— Près de trente pour cent.

— Mon Dieu, c'est énorme !

— Oui. Alors évidemment, j'aimerais qu'on explore plus loin...

— Ça veut dire la résonance magnétique ?

— Non, pas tout de suite... Et peut-être jamais... On ne sait rien encore sur l'état de votre oreille interne... C'est peut-être rien du tout... Non, une simple radiographie va suffire pour le moment...

— Si c'est quelque chose, c'est quoi, à votre avis ? »

Le docteur le regarda quelques secondes avant de commencer à parler. Simon se dit ça y est, il cherche ses mots, il ne sait pas comment m'apprendre la nouvelle, je deviens sourd...

« N'anticipons pas sur ce que pourrait être ou ne pas être votre problème... Comme je le disais à l'instant, c'est peut-être rien du tout, alors ça ne servirait à rien de vous énerver...

— Laissez faire la langue de bois, je veux savoir ce qui pourrait m'attendre...

— Non. Attendons. Vous avez un film à terminer, concentrez-vous là-dessus...

— Je passerai pas la radiographie avant la fin du tournage ? Mais c'est juste dans deux semaines, ça...

— Si vous avez un moment, la semaine prochaine, je pourrais vous glisser entre deux clients...

— Vous pouvez pas, là, tout de suite ?

— Écoutez, vous savez très bien que ce n'est pas moi qui fais fonctionner les appareils. Venez... disons lundi, à la même heure... Ça vous va ? C'est ce que je peux faire de mieux... et c'est bien parce que c'est vous.

— Et mon bruit dans l'oreille ?

— Si vous avez déjà perdu trente pour cent de l'ouïe à gauche... euh... vous risquez, en effet, d'avoir un acouphène...

— Mais c'est pas rien, ça ! Vous me dites pas tout, là... D'abord, c'est quoi, un acouphène ?

— Tout ça est encore mystérieux, même pour la science moderne... C'est un bruit, un son parfois strident comme le vôtre, parfois très différent, comme un grincement, par exemple, ou un bruit statique... Il y a même des gens qui passent leur vie à entendre des sonneries de téléphone, comme Ronald Reagan... et tout ça peut être causé par toutes sortes de choses... des machineries d'industries, par exemple. D'autres problèmes peuvent aussi en être la cause, mais ça ne servirait à rien d'aborder ces questions-là aujourd'hui...

— Oui, mais est-ce que ça finit par partir, est-ce que ça se guérit ? »

Simon sortit du cabinet du docteur sans même s'en rendre compte, sonné, le cœur aux talons, les larmes aux yeux. Ce qu'il venait d'apprendre lui sciait les jambes.

Il essayait d'imaginer ce que serait le reste de sa vie avec ce parasite dans l'oreille et il en tremblait. Évidemment, le docteur l'avait prévenu, c'était normal, en ce moment il entendait le sifflement encore plus fort, il était plus aigu et plus présent que jamais, rien d'autre n'existait plus que ce sifflement de bouilloire *qui n'allait peut-être plus jamais s'en aller,* parce que c'était nouveau !

Le docteur Harbour avait choisi ses mots, avait fait preuve d'une grande délicatesse et d'une diplomatie exemplaire, mais l'effet de ses paroles avait quand même été dévastateur : si c'était vraiment un acouphène, il était tout probable que ça ne partirait pas, il faudrait que Simon apprenne à vivre avec.

« Le cerveau étant la machine merveilleuse que l'on sait, il choisira avec le temps de ne plus entendre l'acouphène et, effectivement, à la longue, vous ne l'entendrez que lorsque vous y penserez... Je ne voulais pas vous parler de ça tout de suite parce qu'il est trop tôt et qu'on ne sait pas encore ce que vous avez, mais vous avez insisté... »

Il ouvrit la porte de sa voiture, s'installa au volant, sans sortir la clef de sa poche. Il déplaça un peu le rétroviseur, se regarda.

Un autre homme. Vieilli tout d'un coup, mais pas par la fatigue. Le fim était bien loin. Le film n'existait plus. Il posa sa main sur son oreille gauche et éclata en sanglots. De gros bouillons lui montaient à la gorge et crevaient dans sa bouche en sons inarticulés qui auraient sûrement été des blasphèmes s'il avait été capable de les articuler.

Jamais il n'apprendrait à vivre avec ça ! Jamais !

Pendant le trajet jusque chez lui, des souvenirs lui revinrent peu à peu. Des petits faits qu'il avait laissés de côté quand ils s'étaient produits, qu'il avait choisi de ne pas analyser, probablement pour ne pas avoir à y réfléchir, de petits dénis qui, mis bout à bout, devenaient affolants.

Il se rappela, par exemple, que chaque fois qu'il écoutait de la musique, depuis quelques années – trop fort, c'est vrai, ses amis le lui disaient depuis des lustres –, sa tête était un peu tournée vers la gauche quand il rouvrait les yeux. Pour tendre l'oreille droite ? Pour compenser une perte, à gauche, qui brouillait de plus en plus l'image stéréophonique ? Il s'asseyait toujours devant la partie gauche de l'écran lorsqu'il allait au cinéma et demandait des places côté jardin, au théâtre. Depuis… Quand, au juste ? Deux ans ? Il s'était trompé, un soir, au Théâtre du Nouveau Monde, s'était retrouvé côté cour et sa voisine – une actrice d'ailleurs très mauvaise – avait cru qu'il la draguait parce que sa tête avait été tournée dans sa direction pendant tout le spectacle. Quand quelqu'un à sa gauche lui parlait, ne le faisait-il pas répéter ? Il n'en était pas sûr, mais il se revoyait disant « Hm, quoi ? » un peu trop souvent... Et, maintenant qu'il savait, il lisait de l'impatience dans le regard de certains de ses amis, les soirs où ils étaient plongés dans une foule...

Tout cela était-il devenu de ces caprices commandés par des besoins précis et qu'on traite comme des banalités pour éviter d'y penser parce qu'ils cachent quelque chose qu'on ne veut pas voir ?

Et cela lui revint, tout à coup : il s'était procuré trois casques d'écoute durant la dernière année... parce que le côté gauche ne fonctionnait jamais à son goût. Les vendeurs, lorsqu'il leur rapportait la marchandise et après l'avoir testée, prétendaient que tout semblait fonctionner normalement, mais finissaient toujours par remplacer le casque d'écoute parce qu'il était un très bon client. Il avait d'ailleurs eu l'intention d'aller reporter le dernier après le tournage, un objet aux formes aérodynamiques, à la sensibilité parfaite, lui avait-on dit, le plus sophistiqué de tous et qui, pourtant, l'avait déçu, quelques semaines plus tôt, quand il l'avait testé avec l'ouverture du *Vaisseau fantôme* de Wagner, dont il était sorti avec un mal de tête carabiné et un léger étourdissement.

Le grand roux, là… Maurice ! Maurice, en lui vendant ce dernier casque, ne lui avait-il pas d'ailleurs demandé *si quelque chose n'allait pas avec ses oreilles* ?

Durant les vingt dernières années, il avait changé de système de son il ne savait plus combien de fois parce que quelque chose semblait mal fonctionner, toujours à gauche. Il appelait ça du *grichage* quand il était plus jeune, une sorte de petit fond sonore désagréable qui voilait le souffle soyeux des violons ou augmentait à les rendre laids les sons plus acidulés des trompettes.

Cette présence était-elle là, au creux de son oreille, depuis tout ce temps ? Et l'avait-il plantée lui-même en écoutant de la musique trop fort pendant des dizaines d'années ? La surdité des chanteurs rock, encore une fois ?

Pouvait-on se cacher à soi-même pendant aussi longtemps une chose d'une telle évidence ? Devenir partiellement sourd sans s'en rendre compte ou, pire, en refusant de s'en rendre compte ?

Il était pourtant un homme sensé, intelligent, il courait chez le médecin chaque fois qu'il avait le moindre bobo ou qu'il ressentait le plus petit malaise, il se vantait de préférer savoir que de rester dans l'ignorance… Alors ?

C'était arrivé si lentement qu'il n'avait jamais pu imaginer que tout ça venait de lui, que ce n'était pas extérieur à lui – l'argent qu'il aurait pu épargner ! – mais bien à l'intérieur de son corps, au creux de son oreille interne, une chose – quoi ? une maladie, un défaut ? – qui lui rongeait l'ouïe avec une telle lenteur qu'il ne s'apercevait de rien ? Un homme partiellement sourd qui écoute de la musique chaque jour en ignorant qu'il perd l'ouïe ?

Il se moucha, se tamponna les yeux. Il n'allait quand même pas se laisser aller à la panique ! Mais que faire d'autre ? Continuer à analyser les vingt dernières années de sa vie, débusquer des souvenirs enfouis pour ensuite se trouver bête et ridicule de n'avoir rien vu ? Regretter de ne pas être allé plus tôt consulter un oto-rhino ? Non, tout cela était inutile, il était trop tard, la panique lui semblait le seul refuge – encore – et il s'y jeta de plain-pied.

En arrivant chez lui, un message l'attendait dans sa boîte vocale :

« Bonjour, monsieur Jodoin, ici le docteur Harbour. Écoutez… On ne m'avait pas encore prévenu lorsque nous nous sommes vus, mais une cliente s'est désistée en résonance magnétique, mardi prochain et… euh… j'ai pensé que ce serait de toute façon plus rapide si nous allions par là tout de suite… La résonance magnétique me donnera une image absolument précise de votre problème et nous gagnerons beaucoup de temps… J'ai déjà téléphoné à mon dernier client de la journée et il a accepté de venir plus tôt, pour remplacer ma cliente récalcitrante… Donc, si vous veniez, disons vers sept heures du soir, mardi, après votre tournage… Euh… ne vous affolez pas… Je fais ça juste pour gagner du temps… Et comptez-vous chanceux, des gens attendent parfois des mois pour un rendez-vous en résonance magnétique... Au revoir, à mardi, donc... »

Il replaça le récepteur sans écouter les deux messages qui restaient.

Le week-end fut un enfer. Simon prit le lit en entrant chez lui, n'en ressortit que pour se rendre à la salle de bains ou se préparer de vagues repas qu'il ne mangeait qu'à moitié. Il ne répondait pas au téléphone, ne prenait pas les messages que ses amis laisseraient dans sa boîte vocale, il débrancha même l'appareil téléphonique de sa chambre pour éviter de répondre.

Il avait décidé de *vivre* son acouphène, si acouphène il y avait, de s'y concentrer, d'y consacrer la fin de semaine complète, et il ne fit rien d'autre, pendant deux jours complets, qu'écouter le sifflement de bouilloire en ne pensant à rien, surtout pas à son film. Il avait eu l'intention de revoir certains *rushes*, de parler avec son assistant de la semaine de tournage qui venait, la dernière, celle où, épuisées, les troupes avaient le plus besoin d'être encouragées ; il devait rencontrer le compositeur, un petit nouveau avec qui il n'avait jamais travaillé et qu'on disait génial mais difficile, et affronter le producteur qui, tel un cliché ambulant, trouvait que tout coûtait cher. Il aurait pu se servir de tout cela pour essayer d'oublier son acouphène pendant quelques heures sinon quelques jours, mais il choisit plutôt – le docteur ne l'avait-il pas prévenu que son cerveau finirait par *choisir* de ne pas l'entendre et qu'il ne l'entendrait que lorsqu'il y penserait ? – de se concentrer sur lui, de l'écouter jusqu'à plus soif, de l'épuiser et de s'épuiser lui-même à force de l'écouter. Il pensait naïvement qu'il arriverait à l'anéantir en l'affrontant, qu'il le dompterait en luttant seul comme il l'avait fait toute sa vie avec les problèmes qui se présentaient à lui. Ce n'était en fin de compte qu'un problème de plus et, avec un peu de volonté, il arriverait bien à le régler !

À force de se concentrer sur cette note aiguë sans modulation qui ne commençait jamais et qui ne finissait jamais, Simon crut effectivement à deux ou trois reprises l'avoir oubliée pendant quelques secondes, au milieu de la nuit, ou au petit matin, pour vite se rendre compte qu'il s'était plutôt endormi d'épuisement ou que son attention, il ne pouvait quand même pas se concentrer sur une seule chose pendant deux jours complets, avait été attirée ailleurs. Alors le son revenait, plus strident encore, et il avait beau se cacher la tête sous l'oreiller ou chanter à pleine voix ou mettre le son de la télévision le plus fort possible, le sifflement de bouilloire ne le quittait plus.

Il fit tout pour éviter la crise d'angoisse ou, du moins, la retarder, la remettre à plus tard, lorsqu'il aurait mieux compris ou accepté ce qui lui arrivait, mais elle fut plus forte que lui, le surprenant en traître, au milieu de la nuit, alors que sa combativité était à son plus bas et son émotivité exacerbée par le manque de sommeil. C'était la première fois qu'il se laissait aller à la panique avant d'avoir fait le tour d'un problème ; il s'en voulut, s'en trouva humilié et mortifié.

Il passa par la rage blanche qui fait presque éclater la cage thoracique tant elle donne envie de hurler, la colère devant son évidente impuissance, puis l'abdication, la reddition totale alors qu'au bout de ses forces il se disait qu'il faudrait bien se résigner, que tout cela était plus puissant que sa petite volonté et qu'il devait plutôt suivre les conseils d'un spécialiste qui connaissait son affaire et se rendre en résonance magnétique le mardi suivant, pour se révolter aussitôt et replonger dans le désarroi, la révolte, la fureur. Il pleura pendant des heures, dormit peu et mal, essaya d'écouter de la musique pour constater, autre chose qu'il s'était en partie cachée, que c'était devenu franchement laid : un quatuor à cordes dont on perd trente pour cent du premier et du second violon est une aberration ! Il regarda un de ses propres films qui passait à la télé en l'abreuvant d'injures tant il le trouva mauvais. Tous ses défauts, tous ses tics, tout ce que ceux qui ne l'aimaient pas comme cinéaste lui reprochaient depuis toujours lui sembla soudain évident : il n'avait aucun talent, il était arrivé où il était par une suite de chances ou de malentendus, sa réputation, pourtant assez grande, était une fraude, une erreur, il était un moins que rien et ne méritait pas la carrière qu'il connaissait, surtout depuis huit ou dix ans.

Il avait besoin de se gratter le bobo, y prenait un malin plaisir et, dans un certain sens, s'en trouvait un peu soulagé. Il avait toujours refusé de faire pitié aux yeux des autres, mais cette fois il se complut avec délectation dans l'apitoiement et le mépris de soi-même. L'apitoiement à cause de l'acouphène, le mépris à cause de ce petit tas de films sans rythme, sans allure et sans dessein qu'il avait osé jusque-là considérer comme une *œuvre*! Une œuvre, ça! Une œuvre à la Ed Wood, oui! Il y avait désormais *deux* pires cinéastes de tous les temps! Ed Wood et, vous savez, le Québécois, c'est quoi son nom, déjà…

À force de se concentrer sur son maudit acouphène, à force d'imaginer ce que serait le reste de sa vie avec ce son strident dans son oreille gauche, Simon se rendit au bord de la folie; il vit le gouffre sous ses pieds, se pencha au-dessus, en chercha le fond. Il avait le choix de s'y précipiter ou non, eut envie de le faire une fois pour toutes, en finir, tout régler d'un coup. Puis il imagina les manchettes du lendemain, les mauvaises raisons qu'on invoquerait, les supputations fausses et méchantes qu'on ferait au sujet du film qu'il tournait en ce moment, et lui qui ne serait pas là pour se défendre… Il n'avait jamais été violent, mais il lança une dizaine de CD sur les murs pour se soulager un peu. Cela ne lui fit aucun bien.

Son assistant vint à trois reprises sonner à sa porte, le suppliant d'ouvrir. Il lui cria qu'il ne voulait voir personne, qu'il était malade, qu'il avait attrapé une petite grippe dans l'air climatisé du studio, que ce n'était pas grave, qu'il voulait se reposer pour être en forme le lundi matin. Il supplia qu'on ne le dérange plus, qu'on le laisse se reposer, et son assistant repartit sans paraître très convaincu.

Le lundi matin, Simon arriva au tournage peu préparé et on lui dit qu'il avait bonne mine alors qu'il savait très bien qu'il faisait peur.

Mais il s'étonna lui-même. Malgré le week-end affreux qu'il venait de passer et l'épuisement normal qui en découlait, il travailla très bien. Il se rendit rapidement compte que le fait de s'affairer, d'avoir mille choses à régler, des dizaines de personnes à régenter, des images qu'il avait en tête depuis si longtemps à recréer sur l'écran, à rendre enfin vivantes attirait son attention ailleurs que sur son acouphène, et il arrivait à l'oublier sans vraiment y penser après s'être battu avec lui en vain pendant deux jours en y pensant trop.

De temps à autre, au milieu d'une prise ou pendant une discussion avec l'un ou l'autre de ses acteurs, le sifflement de bouilloire revenait en force, comme pour le provoquer ou l'éprouver au beau milieu de sa création. Son cœur se mettait à battre, une bouffée de chaleur montait de son plexus solaire, il portait la main à son oreille, faisait semblant de se gratter le lobe en se disant quelque chose comme : « Tu m'auras pas, mon écœurant ! » et se replongeait dans le boulot avec l'énergie du désespoir. Il se serait littéralement tué à la tâche si on lui avait promis que cette scie sans fin ne reviendrait jamais pendant le tournage.

Tout le monde sur le plateau voyait bien que quelque chose chez lui avait changé, qu'il n'était plus tout à fait le même, qu'un tracas le minait qu'il gardait jalousement pour n'inquiéter personne. Le téléphone arabe se mit aussitôt à répandre qu'en-dira-t-on, rumeurs et autres commérages tous plus ridicules les uns que les autres, mais la somme de travail abattue en deux jours fut telle et le résultat si probant que tous, du gofer aux deux stars, du producteur au scénariste, en passant par les techniciens et même les figurants, firent preuve d'un professionnalisme sans tache et se montrèrent plus coopératifs et, dans certains cas, comme la vedette féminine, moins concentrés sur eux-mêmes, plus à l'écoute de ce que Simon avait à leur communiquer pour faire de ce film l'œuvre qu'ils voulaient tous qu'il devienne.

Mais quand il rentra chez lui, le lundi soir, réfugié dans la profondeur de son lit qu'il aimait mou et enveloppant, Simon sentit le désespoir revenir, le renverser comme un vent puissant, il pleura, il hurla, il se tordit dans ses draps tant l'acouphène, qu'il avait effectivement oublié pendant quelques heures comme le lui avait promis le médecin, le rendait fou. Jusqu'où un cerveau humain peut-il endurer une seule note, toujours la même, sans espoir qu'elle s'arrête jamais ? Il criait dans la maison trop grande : « Je l'ai pas, cette patience-là ! Je l'ai jamais eue et je l'aurai jamais ! »

Il se retrouvait au bord de l'hystérie, comme pendant le week-end, et il se disait que sa vie était finie.

« En attendant qu'on finisse avec la cliente qui venait avant vous, vous pouvez regarder la cassette…
— La cassette ?
— Oui. Pour vous préparer à ce qui vous attend…
— Ce qui m'attend est donc si terrible ?
— Si terrible, non, c'est juste au cas… Êtes-vous claustrophobe ?
— Pas du tout… J'ai déjà passé une radiographie pour la tête, quand j'étais adolescent, et j'ai eu aucun problème…
— Cette machine-là est un peu particulière… plus étroite que les autres… Et la technologie a fait de grands progrès depuis votre adolescence… Je pense que vous feriez quand même mieux de regarder la cassette… »

Elle partit le lecteur avant qu'il ne réponde. Pendant quelques secondes,

Simon s'imagina en avion et se surprit à sourire. La technicienne aurait d'ailleurs fait une très jolie hôtesse de l'air…

Après avoir expliqué en long et en large les qualités *stupéfiantes* de cette machine *miraculeuse* à la fine pointe de la technologie, on parlait beaucoup – une voix de femme, apaisante et douce –, presque pompeusement et sur un ton qui se voulait trop rassurant pour être honnête, de la sensation d'enfermement qu'elle pouvait provoquer chez certains utilisateurs, de la possibilité d'une crise de claustrophobie même chez des gens qui n'en avaient jamais ressentie, de la poire de panique qu'on vous glissait à la main avant l'examen et dont vous pouviez vous servir en tout temps pour tout arrêter, de l'importance *vitale* de ne jamais bouger pendant les *quarante minutes* que vous alliez passer dans cette espèce de tuyau d'orgue dont seuls vos pieds dépasseraient pendant qu'on infligerait à vos oreilles un bruit intermittent que d'aucuns trouvaient terrifiant mais qui n'était pas du tout dangereux.

Enfin, bref, à trop se vouloir rassurante, cette cassette déclencha en lui une panique qu'il ne ressentait pas en arrivant à la clinique. Comme tous ces petits films de prévention qu'on vous projetait maintenant un peu partout, c'était fait pour des gens qui n'ont pas d'imagination et qui ne voient que ce qu'on leur montre, pas plus loin.

Lui, bien sûr, imagina tout de suite les pires catastrophes : les rails de la table immobilisés à cause d'une panne d'électricité, les techniciens incapables de le sortir de son trou parce que la clenche de déblocage ne fonctionnait pas, la poire de panique rendue inutile par la même panne, la terreur de mourir d'une crise cardiaque provoquée par l'enfermement dans cette espèce d'ascenseur horizontal presque trop petit pour un corps humain, ce sarcophage pour mort-vivant où on voulait l'enfermer pour reconstituer son cerveau en une série d'images en trois dimensions. Il faillit se sauver en courant avant la fin de la cassette ; la seule chose qui le retint fut la remarque que le docteur lui avait faite comme quoi il devait se trouver chanceux parce que la plupart des malades pouvaient attendre des mois avant d'obtenir un rendez-vous en résonance magnétique.

Il essaya de se trouver chanceux, mais n'y réussit pas, et il était blême de peur lorsque la technicienne, toujours aussi détendue et pimpante, vint le chercher pour l'amener à la salle d'examens.

En entrant dans la pièce froide et aseptisée, en jetant un premier coup d'œil sur la machine infernale dans laquelle il devrait passer plus d'une demi-heure, Simon repensa au sarcophage des momies égyptiennes, puis à la table d'opération de *Frankenstein,* le film qui avait le plus terrorisé son enfance ; il se voyait découpé en rondelles, puis recousu avant d'être lâché dans la ville comme un psychopathe... Oui, bon, d'accord, dans le film, le monstre n'était pas lâché, il s'échappait, mais tout de même...

Il était convaincu qu'il ne pourrait jamais passer quarante minutes là-dedans et le dit aux techniciens qui esquissèrent ce petit sourire entendu si insultant de ceux qui en ont connu d'autres et à qui on ne la fait plus.

Quand ils voulurent se faire rassurants, Simon faillit leur grimper dans le visage tant il était offensé par leur ton qu'il imagina paternaliste et seul son grand orgueil le fit s'asseoir sur le lit étroit monté sur rails qu'on allait pousser dans la machine. Qui était trop petite pour lui, il en était tout à fait convaincu maintenant qu'il la voyait de près. En lui glissant la poire de panique dans la main, la plus jolie des jeunes femmes lui confirma qu'il pouvait arrêter l'examen quand il le voulait s'il se sentait mal, mais que ce n'était pas conseillé parce qu'alors il faudrait *tout recommencer du début*.

« Bon, la culpabilité à c't'heure ! Comme l'autre, là, chez l'oto-rhino… »

Elle fixa sur son visage ce qui ressemblait à l'armature d'un casque de football et il se dit que pour une fois son père serait fier de lui ! Enfin un sportif ! Pas un maudit artiste !

« Ce masque nous aide à bien quadriller votre cerveau, c'est très précis, et si vous ne bougez pas du tout la tête, vous nous aiderez grandement…

— Quand on est mort de peur, on bouge pas la tête ! »

Elle sourit.

« C'est vraiment pas si terrible, vous allez voir… Fermez les yeux et pensez à autre chose… »

Facile à dire.

Après qu'elle lui eut demandé : « Vous êtes prêt, monsieur Jodoin ? » et qu'il lui eut répondu : « Oui, et vous ? », il sentit une légère secousse et le petit lit mobile commença à s'engager à l'intérieur de la machine.

Simon garda les yeux bien ouverts parce qu'il avait peur de ne jamais plus pouvoir les rouvrir, vit le bout du tube métallique passer devant ses yeux puis, tout d'un coup, il entendit une sonnerie comme celle d'une sécheuse qui achève son cycle, et tout s'arrêta. Il se dit ça y est, je le savais, une panne ! Pourtant non, le lit se remit à glisser, mais dans l'autre sens. On le sortait déjà !

Elle était penchée sur lui.

« Vous avez eu peur ?

— Non, pourquoi ?

— Vous avez pesé sur le bouton de panique…

— Moi ? Pas du tout !

— Oui, oui. Vous devez le tenir trop serré, alors. Détendez votre main… Regardez, votre main est trop serrée autour de la poire… »

Avec le pouce et l'index, elle massait doucement sa main qui, en effet, se détendit un peu.

« Bon, voilà. Vous aviez gardé vos yeux ouverts ?

— Oui.

— Fermez-les. J'peux quand même pas vous demander de dormir et on peut pas non plus vous donner de relaxant pour ne pas influencer votre cerveau, mais essayez… essayez de vous détendre. »

Le mouvement, une seconde fois. Il ferma les yeux.

Le maudit acouphène revint en force – dans sa panique il l'avait oublié depuis un bout de temps –, mais Simon se dit que ce bruit familier allait peut-être en quelque sorte annuler celui qu'on allait provoquer pour former une image en trois dimensions de son cerveau.

« Vous êtes prêt ?
— C'est pas commencé ?
— Non. »

Il ouvrit les yeux pendant quelques secondes. On l'avait vraiment enterré vivant ! Cette cage était plus petite qu'un cercueil ! Au secours ! Mon Dieu ! Au secours !

L'orgueil, encore. Uniquement l'orgueil : « Oui, oui, allez-y. Chuis prêt. »

Pendant qu'on lui rebattait les oreilles avec un bruit au rythme régulier, comme une porte de métal qu'on aurait ouverte puis refermée sans arrêt aux deux secondes, ou un fusil à clous enrayé qui ne s'arrêtait plus, Simon essayait, comme on le lui avait conseillé, de se concentrer sur autre chose. Il n'entendait plus son acouphène, c'était déjà ça. Il se disait : « Je suppose qu'il faut un bruit plus fort pour en enterrer un premier. »

Penser à son ancienne femme, à ses deux enfants ne servait à rien. Leur présence était brouillée par le martèlement qui, du moins en avait-il l'impression, faisait vibrer tout son corps, peut-être parce qu'ils étaient trop frais à sa mémoire, leur souvenir trop facile à ranimer. Non, il fallait trouver une chose qui lui demandait plus d'imagination. Il essaya le tour de l'île Sainte-Hélène à bicyclette, cadeau qu'il se faisait, l'été, quand les après-midi étaient calmes et qu'il s'en sentait le courage. Ce fut efficace pendant quelques minutes, les arbres d'un si beau vert, le ciel d'un si beau bleu, le fleuve qui sentait si mauvais, puis un battement de son cœur différent des autres, une montée de chaleur irrésistible qui lui chavira les sens lui rappelèrent où il était ; il faillit utiliser la poire de panique une seconde fois, se retint et chercha ailleurs de quoi occuper son esprit.

Il revint à la musique, au *Vaisseau fantôme* dont il avait écouté l'ouverture, quelques mois plus tôt, le vieil enregistrement des années cinquante qu'il aimait tant, Antal Dorati à la direction, Leonie Rysanek et George London au pinacle de leur carrière, l'émotion pure qu'il ressentait encore presque cinquante ans après l'avoir découvert quand il glissait le disque dans le lecteur de CD. Il avait écouté le duo du deuxième acte si souvent au cours de sa vie qu'il pouvait se rappeler de longs extraits par cœur. Il savait que musicalement rien ne devait correspondre à la partition de Wagner, mais l'*impression* d'écouter le disque était quand même frappante chaque fois qu'il s'y essayait et le bouleversement intact pendant la montée finale du duo. Il reconstitua donc l'image stéréophonique dans sa tête, l'orchestre, énorme, remplissant tout l'espace devant lui – il n'était pas enfermé dans un cylindre de métal trop étroit, il était bien installé au centre d'une magnifique salle de concert climatisée mais pas trop, en tout cas pas étouffante – ; il plaça la voix de George London à sa gauche, celle de Leonie Rysanek à sa droite… Il imagina une mise en scène quelque peu révisionniste parce qu'il était un homme d'images et qu'il aimait voir ce qu'il écoutait, fit de Senta une schizophrène enfermée dans une maison de fous qui inventait la légende du *Hollandais volant* pour se débarrasser de cette sensation d'enfermement qui lui broyait le cœur et se faire croire que quelqu'un l'aimait assez pour venir l'arracher à son terrible sort.

Les deux voix montèrent dans sa tête, se mêlèrent, se séparèrent, revinrent s'affronter en se tordant comme des volutes sonores, de ce rouge foncé de la musique du nord de l'Europe ; Senta voyait enfin son rêve réalisé, le Hollandais, se croyant au bout de sa punition qui durait depuis si longtemps, jurait son amour à cette femme bizarre mais si belle qui n'osait même pas le regarder, son salut, sa caution pour rester désormais à terre.

Simon n'entendait plus du tout le martèlement de la résonance magnétique : il s'envola avec eux dans les hauteurs de la musique parfois si près de la folie, il goûta chaque son de l'orchestre, chaque note des chanteurs, Leonie Rysanek pas toujours juste mais si bouleversante, George London qui réussissait à rendre l'angoisse de son personnage en lignes mélodiques parfaitement exécutées ; il resta suspendu avec eux, à la fin du duo, il s'attendit presque à partager avec Leonie, avec George l'ovation qui allait suivre. Des larmes coulaient aux coins de ses yeux.

Puis, tout à coup, une main toucha la sienne.

On l'avait retiré de la machine sans qu'il s'en aperçoive.

« Vous pleurez ? Vous avez eu si peur que ça... Faites-vous-en pas avec ça, vous êtes pas le seul... T'nez, un Kleenex... Vous pouvez vous relever, c'est terminé. »

Le souffle d'une porte qu'on retient pour ne pas faire de bruit. Une voix dans un micro.

« Le docteur va recevoir les résultats vendredi matin. »

Simon se moucha.

L'acouphène était revenu, plus présent que jamais, peut-être parce qu'il était si différent du martèlement qu'on lui avait infligé depuis trois quarts d'heure.

Puis il se rendit compte qu'il ne pleurait pas parce que le duo qu'il venait d'essayer de reconstituer dans sa tête avait été une réussite, mais parce qu'il venait de commencer à vivre son deuil de la musique.

Simon éprouva quelques difficultés à se remettre au travail. Il se retrouvait dans une espèce de torpeur paralysante contre laquelle il se sentait impuissant. Tout s'était ralenti chez lui, sa tête autant que son corps. Non seulement ses forces vives avaient été sapées, traumatisées par les trois quarts d'heure passés dans la salle de radiographie, mais sa créativité s'en ressentait et il s'en voulait, aux derniers jours de tournage, de ne pouvoir communiquer à son équipe un enthousiasme qu'il ne connaissait plus : il aurait voulu faire semblant, faire illusion, jouer les metteurs en scène inspirés ; mais il n'avait plus de résistance et, surtout, rien, pas même son métier, ne l'intéressait plus. Il ne luttait pas, se laissait submerger par le sifflement de bouilloire, ne pensait qu'à ça, s'y perdait sans espoir de rémission. Il n'était pas loin de penser que sa vie était finie, parce qu'il se doutait bien que cet acouphène était là pour rester.

Heureusement, les *rushes* n'étaient pas trop déprimants. Il savait s'entourer, et son équipe – il travaillait avec certains d'entre eux depuis plus de trente ans – palliait son manque de motivation par un débordement d'ardeur et de dévouement proche de la frénésie. Ils devinaient que quelque chose de grave se passait, ne posaient pas de questions et travaillaient avec acharnement à achever le film, ce que le réalisateur, pour une raison ou pour une autre, leur semblait incapable de faire.

Quand il voyait un plan réussi, il se disait avec une pointe d'amertume : « C'est eux autres qui sont bons, c'est pas moi. C'est mon style, on jurerait que c'est moi, mais ça l'est pas. Mon Dieu, mes films peuvent se faire sans moi ! Comme c'est déprimant ! »

Le *wrap party* devait avoir lieu le vendredi soir, presque tout de suite après le dernier plan. Il avait rendez-vous avec le docteur Harbour entre les deux et prévint son assistant qu'il serait peut-être en retard.

« Attendez-moi pas pour commencer… Ç'a été un bon tournage, vous méritez un beau *wrap party*, inquiétez-vous pas si j'arrive un peu tard, j'ai un rendez-vous important que je peux pas remettre… »

Cela, évidemment, accentua encore le malaise du pauvre assistant qui alerta toute l'équipe technique.

Un metteur en scène qui s'annonce en retard à un *wrap party*, c'est rare, à moins qu'il ne soit mécontent, ce qui ne semblait pas être le cas, ou malade. On le pensa donc malade, sans savoir de quoi, mais les commérages allèrent bon train et on le supposa atteint d'un cancer. Bien sûr grave. Bien sûr en phase terminale.

Le dernier plan mis en boîte, les applaudissements, plutôt faibles, calmés – c'était aussi la dernière journée de tournage de la star féminine et on se crut obligé de lui faire savoir qu'on était content d'elle –, le producteur se présenta avec cinq bouteilles de champagne, prédit un grand succès, populaire et critique, et des tas de trophées Jutra au prochain gala, et tous s'en furent se préparer pour le party.

Sauf lui, bien entendu.

Il resta au studio jusqu'au moment du départ pour son rendez-vous, fit le tour des lieux en s'attardant aux costumes et au maquillage, tâtant ici une jolie robe et ouvrant là un tube de rouge à lèvres d'un brun métallique, fourni par l'actrice elle-même, qu'il trouvait très laid et qu'il avait refusé avec véhémence malgré ses protestations à elle. Il se disait que c'était peut-être la dernière fois qu'il quittait un studio, qu'il tournait un film, se trouvait mélodramatique, ridicule, mais se voyait incapable de lutter contre cette sensation de finalité, ce fatalisme nouveau pour lui, étonnants et irrésistibles. Si son ouïe continuait à faiblir, s'il la perdait complètement à gauche, serait-il assurable, accepterait-on à nouveau de le laisser à la barre d'un projet qui coûterait des millions, lui, le *à moitié sourd*? Allait-il devenir un artiste infirme, abandonné de tous, amer au fond de sa maison trop grande, rendu méchant par la surdité et condamné à finir seul comme un chien ?

Il se présenta chez le docteur Harbour le cœur dans la gorge.

Le mot *tumeur* tomba entre eux comme un couperet. Le docteur Harbour avait tourné autour du pot pendant quelques minutes, Simon l'avait senti, il avait même deviné le mot que l'autre évitait, s'était concentré sur les lèvres de son interlocuteur en se demandant quand il se déciderait à le prononcer, puis, quand il l'avait entendu, il l'avait littéralement vu jaillir de la bouche du docteur et tomber sur le bureau comme une chose réelle, un objet contondant qui venait de couper sa vie en deux. Le couperet de la guillotine. Chlac. Finies les tergiversations, finie l'ignorance crasse, un seul mot venait de tout bouleverser.

« Vous ne m'écoutez plus depuis quelques minutes… »

C'était vrai. Depuis que la chose avait été nommée, il se concentrait sur la bouche du docteur, se disait : « C'est de là que ça vient de sortir. Ma condamnation vient de sortir de là, je peux pus rien nier, rien ignorer, *je sais.* » Il voyait bien les lèvres bouger, former des mots, des phrases, mais à quoi bon écouter ? Il avait entendu ce qu'il ne voulait pas entendre, il s'était déplacé dans l'espoir ultime, après tant d'inquiétudes et de nuits blanches, de ne pas entendre prononcer ce mot, et voilà qu'il gisait là, entre eux, sur le buvard. Tumeur.

« J'essayais de vous rassurer, vous savez…

— Me rassurer ? Vous venez de m'apprendre que j'ai une tumeur au cerveau et vous essayez de me rassurer ?

— D'abord, ce n'est pas une tumeur au cerveau, mais au nerf auditif gauche. C'est tout près, mais ce n'est pas du tout la même chose, c'est très différent… Ensuite, je vous ai répété au moins trois fois que cette tumeur n'est probablement pas maligne, mais vous ne m'écoutiez pas. Je peux vous le certifier à plus de quatre-vingt-dix pour cent. Les tumeurs malignes dans cette région sont rares, et d'après ce que j'ai vu, je croyais, oui, pouvoir vous rassurer et vous dire que votre tumeur n'est sans doute pas cancéreuse…

— Bon, O.K., c'est vrai, ça me rassure un peu… Mais qu'est-ce qu'y faut faire ?

— Il faut aller la chercher.

— La chercher ? Vous voulez dire opérer ?

— Oui.

— Vous pouvez pas, je sais pas, moi, la faire dissoudre…

— Elle est assez importante pour qu'une opération s'impose…

— Importante, ça veut dire grosse, ça ?

— Ça veut dire grosse, oui.

— Grosse comment ? Une balle de ping-pong ? Une balle de golf ? Une balle de tennis ? »

Le docteur ne put retenir un sourire.

« Non, plus petit. Disons… je ne sais pas… un petit pois ?

— J'ai une affaire grosse comme un petit pois dans l'oreille interne et je m'en suis jamais rendu compte ?

— Non, elle vient juste de commencer à se manifester…

— Ç'aurait pu continuer à grossir, cette affaire-là, sans que je m'en rende jamais compte ?

— Non, ceux qui en sont atteints finissent toujours par s'en rendre compte… De toute façon, d'après ce que vous m'avez dit, il y avait des manifestations depuis des années, votre cerveau vous envoyait des messages, mais vous ne saviez pas les lire…

— Le déni, oui, je sais, j'en suis d'ailleurs un grand spécialiste. »

Le docteur Harbour sortit un papier, esquissa un petit dessin.

« Voilà ce que nous allons faire…
— J'ai vraiment pas le choix ?
— On pourrait attendre, mais excusez-moi de vous dire ça bêtement comme ça, mais non, vous n'avez pas le choix. Cependant, votre vie n'est pas en danger pour le moment… Si vous avez quelque chose d'important qui vous attend… Je sais que vous venez de terminer le tournage d'un film… Je ne sais pas au juste comment ces choses-là fonctionnent… Si on a besoin de vous, je ne sais pas, moi, pour le montage ou la… comment Johanne appelle ça… la post-production, nous pourrions attendre quelques mois, mais pas plus. En tout cas, j'aimerais pouvoir faire ça avant la fin de l'année.

— C'est quoi, le petit dessin que vous venez de faire ?

— C'est une illustration de la chirurgie que nous allons pratiquer… C'est un dessin très schématique, en fait, juste pour que vous compreniez…

— Vous êtes sûr que vous voulez me montrer ça tout de suite ?

— Le plus tôt sera le mieux. À quoi ça vous servirait d'attendre ?

— On pourrait pas attendre que je sois un peu remis de mes émotions ? »

Le docteur le regarda pendant quelques secondes avant de lui répondre.

« Si je ne vous le montre pas tout de suite, vous allez repartir, votre imagination va prendre le dessus et ce que vous allez imaginer a des chances d'être pire que ce que je me prépare à faire à votre oreille interne…

— En fait, je veux vous poser une question avant de regarder votre dessin…

— Allez-y…

— Allez-vous m'ouvrir le crâne ?

— Oui.

— Avec quoi ? Une scie ? »

Le docteur le regardait droit dans les yeux.

« Une scie ronde. Mais toute petite. »

Simon sentit son cœur couler. Il ferma les yeux. *Entendit* le bruit de la scie ronde.

« Et quand tout ça va être fini, j'entendrai pus de bruit ? C'est le prix à payer pour pus entendre le sifflement de bouilloire ? »

Le silence était tellement long qu'il rouvrit les yeux.

« Vous répondez pas. Le bruit partira pas ?

— On ne peut pas être absolument certain qu'il va partir. Chez certains oui, chez d'autres…

— Êtes-vous en train de me dire que vous allez me scier le crâne pour me guérir de mon acouphène et que c'est pas sûr que vous réussissiez ?

— Je ne vais pas vous scier le crâne pour vous guérir de votre acouphène. C'est pour retirer la petite tumeur bénigne qui a poussé sur votre nerf auditif gauche... qui est probablement la cause de votre acouphène...

— Et quand y'aura pus de tumeur...

— Quand un bruit est imprimé dans le cerveau...

— Vous me dites trop de choses en même temps, là, je comprends pas tout... Vous me dites que c'est comme les gens qui se font couper un bras et qui sentent quand même un chatouillement au bout des doigts ?

— Exactement. Je vous ai dit l'autre jour qu'on ne sait pas exactement ce qu'est un acouphène. On sait souvent ce qui le provoque, mais pas avec certitude ce que c'est...

— Vous êtes sûr que vous êtes un bon docteur ?

— Je suis le meilleur.

— Ouan. On en reparlera dans quelques mois. »

Simon posa l'index sur le papier du docteur Harbour.

« O.K. Montrez-moi ça. »

Longtemps après le divorce, les cendres de leur difficile séparation enfin retombées, les miasmes de leurs trop nombreuses bagarres et engueulades dissipés, ils étaient redevenus amis. Ils ne se voyaient pas souvent, mais se retrouvaient avec plaisir. La grosse nostalgie n'était jamais loin, ils avaient facilement la larme à l'œil, embellissaient leur passé mutuel, se confiaient tout, surtout les choses qu'ils taisaient quand ils étaient mariés. Ils n'avaient plus de secrets l'un pour l'autre et s'en trouvaient souvent tout étonnés.

Jacqueline – Jackie pour les intimes, elle avait toujours eu horreur de son nom – était restée belle alors que lui s'était quelque peu laissé aller. On aurait dit que cela lui avait donné une longueur d'avance sur lui et elle prenait un malin plaisir à le materner, à lui prodiguer recommandations et conseils alors qu'ils avaient formé un couple indépendant où chacun évoluait de son côté plutôt que l'un par l'autre.

C'est donc chez elle que Simon se réfugia en sortant du bureau du docteur Harbour. Il n'était pas question qu'il se rende au party, tout en sachant qu'on allait s'interroger sur les raisons de son absence et, surtout, sauter à des conclusions qui seraient hors de toute proportion avec la réalité, même si la réalité était loin d'être rose. Il ne se sentait pas le courage d'affronter une foule de joyeux lurons qui buvaient depuis des heures et qui n'avaient pas envie qu'on leur parle d'acouphène ou de chirurgie à l'oreille interne. Et il savait qu'il serait incapable de faire comme si de rien n'était. Il pensa téléphoner pour présenter ses excuses, repoussa l'idée en se disant que cela ne ferait que jeter de l'huile sur le feu.

Jacqueline vit tout de suite que quelque chose n'allait pas, lui fit un thé fort – le thé pour elle était un remède universel qui guérissait tout ou, du moins, faisait passer bien des choses –, l'installa dans le vieux fauteuil qu'il aimait tant, témoin des quelques délices de leur mariage et de leur difficile séparation, l'écouta jusqu'au bout presque sans l'interrompre. Elle apprit tout en même temps sans rien dire : l'acouphène, les visites chez le médecin, la résonance magnétique, la tumeur, la terreur, les nuits blanches, les moments où il avait cru devenir fou, accusant les coups avec courage, mais quand il brandit le petit dessin du docteur, elle ne put se retenir :

« Y vont vraiment t'ouvrir le crâne, Simon ?

— Ben oui.

— Es-tu sûr ?

— Jackie ! J'avais beau être dévasté, je comprenais c'qu'y me disait !

— Voyons donc, ça se peut pas. Simon ! T'as pas dû bien comprendre ! Y t'ouvriront pas le crâne !

— R'garde le dessin, Jacqueline ! R'garde le grand V, là, c'est une incision ! Dans le crâne ! Derrière l'oreille ! À la base du cou ! »

Il l'appelait Jacqueline uniquement quand il était fâché, et elle n'insista pas. Elle tenait le papier à bout de bras comme si ça avait été une chose sale, un peu dégoûtante, mais inéluctable et indestructible.

« Avec quoi y vont faire ça ?

— Avec une scie ronde. »

Elle pâlit en portant une main à son cœur.

« Quelle horreur ! Y vont te scier le crâne avec une scie ronde ?

— Oui. Une toute petite scie ronde. Y paraît que ça fait un bruit de fraiseuse de dentiste… »

Elle se leva en renversant presque sa tasse, vint s'accroupir devant lui.

« Y vient juste de te dire ça ?

— Oui

— Tu dois être terrifié !

— Le mot est faible. En plus d'entendre mon acouphène, depuis une heure j'entends un bruit de fraiseuse ! J'ai l'impression que je pourrai pas dormir jusqu'à mon opération, que mes nuits vont être peuplées de bruits de fraiseuse !

— C'est pour quand, l'opération ?

— Le plus vite possible. Ma vie est pas en danger pour le moment, mais y'aimerait faire ça dans le mois qui vient.

— Et ton film, Simon ?

— Ça pourrait se faire pendant le premier montage. Claude est capable de s'en occuper sans moi, même si j'aimerais mieux être là… Y paraît que je pourrais travailler six semaines après mon opération… Si y'a pas de complications, évidemment.

— Des complications ?

— Oui, des séquelles, aussi…

— Quel genre de séquelles ?

— Perte d'équilibre… chutes… les chutes sont les plus dangereuses, parce que je pourrais me frapper la tête, ce qui pourrait déclencher des convulsions… D'autres choses, aussi, le docteur est resté vague là-dessus… Y voulait pas *trop* me faire peur, je suppose… Y va m'expliquer ça plus en détail quand on aura une date pour la chirurgie, j'imagine… Écoute, je vais passer huit heures sur la table d'opération, c'est pas rien… Se remettre de l'anesthésie, ça prend des mois… »

Jacqueline le poussa un peu, se glissa à côté de lui dans le fauteuil. Autrefois, cela se faisait tout seul, il y avait largement de la place pour deux ; désormais c'était difficile et malgré le sérieux de la situation, elle dut retenir un fou rire pour ne pas l'insulter. Simon n'avait aucun sens de l'humour en ce qui concernait son poids.

Il appuya sa tête dans son cou.

Elle lui dit qu'il pouvait pleurer.

Il le fit en grands soubresauts incontrôlables où se sentaient la terreur, l'impuissance, l'épuisement.

Elle lui reprocha avec douceur de n'être pas venu se confier plus tôt ; il prétexta la fin du tournage, le travail, les responsabilités que tout cela représentait, le doute où il avait lui-même été plongé, au début, alors qu'il croyait que l'acouphène n'était qu'un malaise passager produit par la fatigue et les soucis.

Elle le connaissait. Elle se contenta, au moment qu'elle crut le plus propice, de lui glisser à l'oreille :

« Laisse-toi aller, Simon. R'tiens-toi pus. »

La crise qui survint alors fut terrible, longue, violente.

Il sortit tout d'un bloc : l'exaspération devant la chirurgie dont les séquelles s'annonçaient longues et difficiles, la rage impuissante face à l'injustice de tout ça, directement issue du judéo-christianisme de son enfance qui voulait que tout soit punition ou récompense – « Puni ? De quoi, pour l'amour du saint ciel ? Chus quand même loin d'être un monstre ! » –, le fatalisme de sa famille qui lui faisait entrevoir les pires conséquences dont la moins flamboyante était la mort sur la table d'opération et les plus délirantes – quelques-unes en étaient même drôles tant elles étaient ridicules – impliquaient des difformités définitives et des malaises qui n'avaient rien à voir avec l'ouïe, mais venaient de ses cauchemars d'enfant gavé de films d'horreur ou de science-fiction.

Simon s'était levé, arpentait le grand salon, fulminait, levait le poing, postillonnait comme un mauvais acteur, éructait de colère et de frustration. Il refusait l'acouphène, rejetait la chirurgie, il voulait reculer le temps, revenir quelques jours en arrière, au moment où il avait entendu le bruit de la fournaise à l'huile et... arriver à tout nier ! Tout renverser par la seule force du déni !

Au bout d'une terrible demi-heure de cris et de fureur, il vint se planter devant elle et lui dit d'une voix trop douce pour ne pas être suspecte :

« Pis pendant tout ce temps-là, pendant que je parle, que je crie, que je sors enfin tout ce que je gardais en moi, *j'entends le sifflement de la maudite bouilloire !* »

Deuxième partie

LE CALME AVANT LA TEMPÊTE

On devait l'opérer le mercredi matin. Le dimanche soir, il était déjà installé dans une petite chambre privée, à ne savoir quoi faire de son corps. On lui avait dit qu'il pouvait sortir à condition qu'il revienne avant vingt-deux heures. « Le gars de la télévision va passer juste demain matin. » Il avait pensé se rendre à son restaurant préféré, se bourrer la face de linguine vongole, se saouler au chianti, mais la perspective de croiser des gens qu'il connaissait, l'appréhension d'avoir à expliquer le bracelet de plastique à son bras et pourquoi il devait rentrer tôt l'avaient retenu et il s'était retrouvé à cinq heures quinze de l'après-midi devant un steak haché grisâtre, des patates molles et des petits pois pâlots choisis par l'occupant précédent, sûrement un sadique qui avait décidé de lui faire payer ses propres souffrances. Quant au dessert, c'était trop laid pour qu'il se demande même ce que ça pouvait être.

Le lundi et le mardi se passeraient en examens aux quatre coins de l'hôpital, sorte de *check-up* pour vérifier que tout allait. Il avait demandé à la garde-malade quel genre de malaise pouvait les empêcher de pratiquer la chirurgie et elle n'avait pas répondu tout de suite.

« Vous avez peur que je m'invente une raison pour me défiler ? »

Elle s'était contentée de le regarder sans sourire, tout en prenant sa pression.

Mais avant de sortir de la chambre, la pression prise, la température dûment inscrite sur la tablette de métal au pied du lit, elle lui avait dit :

« Vous avez pas idée de ce que les gens sont capables d'inventer rendus ici pour éviter l'opération… »

Simon était retourné à sa lecture. Le dernier Michael Connelly qu'il trouvait particulièrement palpitant. Il avait recommencé à lire à peine une semaine plus tôt. Depuis le début de son acouphène, il avait été incapable de se concentrer sur un livre, le sifflement aigu qui accaparait tout le côté gauche de sa tête l'empêchant de se concentrer, comme lorsqu'un robinet goutte ou qu'un oiseau moqueur répète sans fin les mêmes trilles. Il recommençait vingt fois chaque phrase, revenait sans cesse derrière pour voir qui était qui par rapport à qui dans l'histoire – cela ne lui était pas arrivé depuis ses premiers Dostoïevski, pendant son adolescence –, se perdait encore si la phrase était le moindrement longue ou compliquée.

Lorsque la date de son opération avait été arrêtée, cependant, au lieu de paniquer comme il s'y était attendu, une sorte d'abdication devant l'inéluctable, un abandon, une mollesse s'étaient emparés de lui et, peut-être devant l'illusion que le sifflement de bouilloire allait disparaître bientôt, il avait pu recommencer à se concentrer et, éventuellement, à lire. L'acouphène était toujours présent, mais il se disait que tel jour, à telle heure, il allait cesser, interrompu par le bruit de la fraiseuse, l'agilité du bistouri, et ça lui suffisait. Il avait décidé d'avoir confiance aux docteurs qui allaient pratiquer l'opération et de ne pas se poser de questions. Ils seraient deux qui travailleraient en équipe : le neurochirurgien, une sommité, semblait-il, un des meilleurs au monde, et son oto-rhino qui se chargerait de détacher la tumeur du nerf auditif et du nerf facial. Il en avait rêvé quelques nuits, s'était à deux ou trois reprises réveillé en nage parce que quelqu'un dont ce n'était pas le métier lui fouillait l'oreille interne pour lui extirper une fraiseuse oubliée là lors d'une chirurgie précédente, puis même les cauchemars avaient cessé. Il se disait pourtant qu'il ne devrait pas mettre tous ses espoirs dans cette chirurgie parce qu'elle contenait des inconnues et des risques de séquelles importantes, mais pour une fois il se laissait aller au positif plutôt qu'au négatif et s'en trouvait fort soulagé. Et il s'était lentement remis à la lecture. Des romans policiers, c'est vrai, mais tout de même…

Il avait refusé que Jacqueline l'accompagne à l'hôpital, il avait fait son inscription tout seul, n'avait rien dit à qui que ce soit d'autre. Ses amis apprendraient tout ça bien assez tôt. Il voulait vivre cette pénible aventure en solitaire. Il s'était d'ailleurs demandé pourquoi. Il ne voulait pas être pris en flagrant délit de faiblesse ? Ou alors considérait-il tout ça comme une chose un peu honteuse qu'il fallait cacher le plus longtemps possible ? Le docteur Harbour l'avait pourtant prévenu qu'il aurait besoin de l'aide de ses amis, que la convalescence serait longue et pénible, mais il n'arrivait pas à prendre le téléphone ou donner rendez-vous à ses proches pour leur avouer qu'après une délicate opération à cause d'un grave problème d'ouïe, il ne serait peut-être plus le même. Était-ce cela, la vraie raison ? Il avait peur de n'être plus jamais le même ?

Devant le monteur qui trouvait bizarre qu'il parte au beau milieu du premier bout-à-bout, il avait invoqué une grande fatigue, un besoin de se retirer *quelque part, à l'étranger,* pour se reposer. Claude avait-il été dupe ? Et son producteur et ami de toujours à qui il avait dit la même chose, qu'avait-il pensé en plissant le nez et en fronçant les sourcils comme il l'avait fait ? Il n'avait rien dit, soit, il n'avait pas sorti une de ces cuisantes reparties dont il s'était fait une spécialité et qui pouvaient parfois vous river au plancher, mais quelque chose était apparu au fond de son œil, un étonnement, un questionnement qui ne trompait pas : il avait senti la soupe chaude, mais était resté sur son quant-à-soi plutôt que de se faire raconter n'importe quoi. S'adresserait-il directement à Jacqueline ? Jusqu'ici, il ne l'avait pas fait. Mais il n'avait pas non plus semblé croire que lui, le réalisateur, prenait ce dimanche-là l'avion pour Seattle.

La dernière aventure de Hieronymus Bosch terminée, Simon rangea le livre dans le tiroir de sa table de chevet, consulta sa montre-bracelet. Neuf heures vingt. Il n'allait tout de même pas se mettre au lit à neuf heures vingt ! Et il ne pouvait pas téléphoner à qui que ce soit, tout le monde croyait qu'il était à l'opéra de Seattle, en train de se pâmer sur les seize heures bien comptées de la *Tétralogie* de Wagner !

Il composa le seul numéro possible dans les circonstances, celui de Jacqueline. Pour se rendre compte qu'il ne pouvait plus coller le récepteur sur son oreille gauche, parce qu'il n'entendit pas la sonnerie chez son ex-femme. Son ouïe avait donc tant diminué en un seul mois ? Il raccrocha avant qu'elle ne réponde, s'étendit sur le dos dans son lit. Était-ce la nervosité ? Ou une simple illusion parce qu'il était tendu ? Le sifflement de bouilloire était plus présent que jamais, plus envahissant, plus désagréable.

La garde-malade lui dit qu'on lui avait prescrit des Serax, mais qu'il ne fallait tout de même pas en abuser.

En se réveillant le lendemain matin, il n'avait pas l'impression d'avoir dormi mais, plutôt, d'avoir passé une partie de la nuit dans le coma tant la dose de somnifère lui avait semblé forte.

Les deux jours précédant l'opération furent d'un calme plat. Simon aurait tout aussi bien pu se trouver dans n'importe quel hôpital à passer un bilan de santé un peu poussé : on le fit courir sur un plan incliné, on lui radiographia les poumons, les reins, on lui fit passer deux électrocardiogrammes, souffler dans des tubes de carton, on l'ausculta à de nombreuses reprises, on prit son pouls et sa température aux trois ou quatre heures, on lui demanda à plusieurs reprises s'il était allergique et si oui, à quoi. Il passait d'une salle d'examen à l'autre en emportant avec lui le dernier roman de Marie Laberge que son producteur venait de lui demander d'adapter pour la télévision. Il lisait dans des corridors surpeuplés de gens inquiets, essayant, parfois en vain, de faire abstraction de ce qui se passait autour de lui. Il n'entendait pas toujours son nom quand on l'appelait, mais ne s'en inquiétait pas, mettant ça sur le compte du bruit ambiant et sa volonté à lui de faire le vide. Des techniciens lui dirent qu'ils voyaient rarement lire un malade qui venait passer une radiographie ; d'autres, surtout des techniciennes, lui demandèrent ce qu'il lisait et si c'était bon. Celles qui avaient déjà lu le livre se pâmaient sur le courage de l'héroïne, mais il refusait d'en discuter parce qu'il ne voulait pas qu'on lui dévoile quoi que ce soit de l'histoire. Il acquit donc rapidement le surnom du *liseux* et s'en trouva plutôt ravi, surtout que certains des surnoms dont on affublait les malades à cet hôpital étaient loin d'être flatteurs.

N'eût été la présence de l'acouphène qui planait sur tout ça comme un couvercle sonore fermé hermétiquement autour de lui, il aurait peut-être même fini par oublier pourquoi il était là.

Simon pensait très peu à l'opération. Autant il avait été terrifié avant d'entrer à l'hôpital, rêvant de la maudite fraiseuse, de l'anesthésie, des séquelles qu'on lui avait annoncées à grands coups de « peut-être » parce qu'on n'était sûr de rien, autant il s'était trouvé plongé dans une espèce d'état neutre au moment où il avait mis le pied dans sa chambre. Il savait très bien pourquoi il était là, ce qui l'attendait le mercredi matin, mais son cœur ne se serrait plus quand il y pensait, il n'était plus saisi de tremblements incontrôlables ni secoué de crises d'angoisse ; il se demanda même, à demi sérieux, si on ne mettait pas dans sa nourriture une drogue calmante tant il se trouvait paisible et même placide. Il dormait bien. Il ne s'inquiétait pas du tout de son film qu'il avait lâchement abondonné aux mains du monteur. Il verrait à tout ça après. Après quoi ? Ah oui, après *ça*.

La veille de l'opération, vers cinq heures de l'après-midi, alors qu'il essayait de manger un plat qu'on avait qualifié de *dinde aux pruneaux* mais qui se trouvait être une chose blanchâtre et filandreuse salie de sauce brune, le docteur Meyer, le neurochirurgien qui allait pratiquer l'opération, vint lui rendre visite.

C'était un homme impressionnant, charmant, sûr de lui, qui commença par lui annoncer la visite de l'anesthésiste, une dame adorable, précisa-t-il, avant de se lancer dans une série de questions qui contenaient plus d'informations sur ce qui allait se passer le lendemain matin que de vraies interrogations. Le réalisateur se rendit vite compte que cet homme faisait passer ses messages en les déguisant en questions, de façon à ce que le client ne se rende pas compte qu'on lui apprenait des choses qui l'auraient autrement inquiété, parce qu'il répondait à une demande d'informations ; c'était *lui*, le client, qui apprenait des choses au docteur.

« On vous a bien expliqué ce qui va se passer demain, monsieur Jodoin ?

— S'il vous plaît, appelez-moi Simon… Et oui, on m'a bien expliqué ce qui va se passer demain…

— On vous a bien dit que ça allait durer de neuf heures du matin à cinq heures de l'après-midi ?

— Absolument.

— Le docteur Harbour m'a dit qu'il vous avait fait un dessin sommaire ?

— Oui, et j'en veux pas plus. Chuis pas du genre à vouloir savoir *tout* ce qui va se passer… C'est votre métier, j'ai totalement confiance en vous…

— Est-ce qu'on vous a dit… Simon… qu'il existe aux États-Unis un… un autre moyen de vous débarrasser de cette tumeur ?

— Oui, le docteur Harbour m'a bien dit qu'il existe un endroit où on prétend pouvoir faire dissoudre la tumeur avec une seule séance de radiothérapie, mais je préfère la manière forte : le bistouri. Retrancher le problème une fois pour toutes.

— Vous êtes convaincu ? Il est toujours temps de changer d'avis, vous savez.

— Pourquoi ? Vous voulez pus m'opérer ?

— Ce n'est pas ça, mais je dois m'assurer que vous comprenez bien le choix que vous avez fait. Vous y avez réfléchi ?

— Oui. J'attends votre fraiseuse ! »

Le docteur Meyer ne sourit pas. Son sérieux inquiéta quelque peu le réalisateur.

« On vous a aussi bien expliqué les… les séquelles ?

— Bien expliqué, c'est beaucoup dire…

— Le docteur Harbour vous a dit qu'on serait peut-être obligé de… sacrifier le conduit auditif ?

— Sacrifier ? Euh… oui, y'a parlé de ça… Euh… sacrifier, ça veut dire…

— Et vous aviez bien compris que si on sacrifie le conduit auditif, vous allez perdre complètement l'ouïe, à gauche ?

— Oui, j'avais bien compris, mais c'est pas sûr, non ?

— Vous savez que votre tumeur est assez importante ?

— Oui…

— Vous savez aussi qu'il vaut mieux vous attendre au pire ? Le risque de paralysie faciale est aussi important, vous le savez ?

— Oui. Tout ça, c'est juste des risques…

— Comme je viens de vous le dire…

— Comprenez-moi bien, docteur… Je veux pas trop me faire peur avant d'être opéré…

— Vous avez raison, cependant c'est mon devoir de vous dire tout ce que je vous dis en ce moment… Nous allons tout faire pour éviter les séquelles les plus importantes… Si votre tumeur se décolle bien de votre nerf auditif, vous n'aurez peut-être pas de paralysie faciale, mais les chances sont élevées, vous me comprenez bien ?

— Oui, je savais déjà tout ça… »

Le docteur s'approcha du lit, posa une main sur le couvre-pieds.

« Il est extrêmement important que le patient rencontre le chirurgien qui va l'opérer. Il serait absurde que vous mettiez votre vie entre les mains de quelqu'un que vous n'avez jamais vu… Ne vous inquiétez pas trop, le docteur Harbour et moi, nous pratiquons ce genre d'opérations chaque mercredi, nous connaissons notre affaire… Maintenant, si vous avez des questions…

— Non, non, j'pense que j'en sais assez pour pas dormir de la nuit, là… »

Cette fois, le neurochirurgien daigna esquisser un petit sourire.

« Je vous ai prescrit quelque chose qui vous fera passer une très bonne nuit… »

Avant de sortir de la chambre, il se tourna vers son patient.

« Ma fille est une de vos plus grandes fans. Elle a vu tous vos films. Elle vous place tout là-haut, avec Scorsese et Buñuel. Alors dites-vous bien que c'est dans mon intérêt de réussir votre opération, demain ! »

Le réalisateur sourit.

Buñuel ou Ed Wood ?

Quelques heures plus tard, juste au moment où il allait se mettre au lit, l'anesthésiste entra dans sa chambre. C'était une dame d'un certain âge, calme et discrète, qui lui dit tout d'un trait que c'est elle qui allait le garder artificiellement en vie pendant huit heures, le lendemain, qu'il pouvait avoir confiance en elle, qu'elle prendrait particulièrement soin de lui, mais qu'il devait s'attendre à un réveil difficile parce qu'après tout ses fonctions vitales cesseraient de travailler une grande partie de la journée et que ça prenait un certain temps pour remettre la machine en bonne marche.

Simon lui répondit avec un grand sourire :

« Et aussi parce que vous allez m'injecter un poison puissant pour me tenir tranquille tout ce temps-là ? Et que se débarrasser de ses toxines prend des mois ? »

Elle ne sembla pas comprendre qu'il avait plaisanté et lui dit le plus sérieusement du monde :

« Sans ce poison, monsieur, on ne pourrait pas pratiquer cette opération et votre tumeur continuerait à grossir jusqu'à ce que… »

Elle n'alla pas plus loin, mais il finit sa phrase à sa place :

« Jusqu'à ce qu'elle m'explose dans le crâne ou qu'elle se cherche un chemin vers l'extérieur en détruisant mon oreille au passage ? »

Elle baissa les yeux et rougit.

« D'habitude, je dois tout expliquer aux malades, mais vous semblez en savoir déjà un bon bout…

— Les artistes ont beaucoup d'imagination, docteure. Croyez bien que tout ce que j'ai pu imaginer depuis que je sais qu'on va m'opérer était cent fois pire que ce qui va vraiment m'arriver… »

Elle n'insista pas, se contentant de lui tapoter la main.

« Contrôlez votre imagination, tout va bien se passer.

— Oui, j'en suis convaincu. Tout va bien se passer *pendant*. Mais *après* ? »

Elle sortit de la chambre en lui souhaitant bonne nuit. Elle ne voulait pas s'étendre sur l'*après*.

Presque aussitôt, une garde-malade, la grande Noire qu'il trouvait si belle et qui n'avait pas semblé indifférente à ses compliments, la veille, vint lui porter ce qu'elle appela la potion magique pour le faire dormir. Deux petites pilules roses qu'il avala sans poser de questions.

Elle prit sa pression, sa température, il lui refit sans conviction ses compliments de la veille. Elle lui dit qu'il se répétait, il lui répondit qu'il avait trouvé les bons mots pour la décrire aussitôt qu'il l'avait aperçue, le dimanche soir, et qu'il ne pouvait que les répéter parce qu'il n'en existait pas d'autres.

Elle le regarda droit dans les yeux en souriant.

« On s'en reparlera après l'opération...

— Demain soir, je serai pas en état de vous faire des compliments, je le sais, mais donnez-moi quelques jours....

— De toute façon, demain soir vous serez en salle de réveil.

— Pour combien de temps ?

— On vous l'a pas dit ?

— Non.

— Quinze heures.

— Quinze heures ! On va me garder quinze heures en salle de réveil !

— Une soirée et une nuit complètes, oui. C'est une opération majeure que vous allez subir et les vingt-quatre heures qui suivent sont vitales !

— J'veux bien croire, mais quinze heures ! »

L'angoisse et la paranoïa le reprirent aussitôt qu'elle eut passé la porte. Quinze heures en salle de réveil ! Est-ce qu'on lui cachait quelque chose ? Sa tumeur était-elle plus grosse que ce qu'on lui en avait dit ? Était-elle vraiment bénigne ? Simon n'avait pas une seconde douté de la parole du docteur Harbour depuis la fameuse journée où le mot tumeur avait été prononcé, mais là, à moitié groggy dans son lit d'hôpital, il fut submergé de questions, de doutes, de certitudes, même, les plus laides, les plus inquiétantes. Il se vit sourd du côté gauche avec, en plus, une sévère paralysie faciale qui donnait à son visage un air de masque de cire, sans expression, figé dans un rictus vers le bas parce que le nerf facial *était mort* lui aussi.

Et au moment où il sombrait dans le sommeil, enfin vaincu par la potion magique, il eut une révélation. Que l'opération s'avère un succès ou un flop monumental, une chose était certaine, une chose qu'on lui avait cachée en tergiversant, en le noyant sous les hypothèses : *le maudit acouphène ne disparaîtrait jamais !*

On s'affaira beaucoup autour de lui, ce matin-là. Sans arrêt quelqu'un entrait pour prendre son pouls, sa pression ou tout simplement lui demander comment il allait, s'il n'était pas trop nerveux, s'il avait bien dormi... Il n'était pas nerveux du tout. Était-ce à cause de la petite pilule jaune qu'on lui avait donnée à son réveil, ou alors de cette agitation incessante qui avait sur lui l'effet contraire ?

Grand spécialiste du déni, Simon l'utilisait volontiers et souvent ; la plupart du temps, ça marchait très bien et il s'était épargné bien des problèmes en prétendant, et en le croyant, qu'ils n'existaient pas. C'était un talent qu'il avait depuis toujours et il en avait à de nombreuses reprises remercié le destin. Il s'était donc réveillé vers six heures en se disant que ce n'était pas à lui que tout ça arrivait, qu'il n'était que le témoin privilégié d'une importante chirurgie à l'oreille interne, qu'il se trouvait dans une salle de cinéma ou dans son fauteuil préféré à lire un roman particulièrement réaliste ; il voyait tout à travers le regard du réalisateur de cinéma : il observait les petites manies de chacun, écoutait les laïus encourageants ou apaisants qu'ils avaient préparés pour lui. Il distribua même certains rôles. Il essaya d'imaginer quel genre de plan il aurait utilisé pour la visite de la grande Noire venue lui souhaiter bonne chance avant de quitter la chambre, vers sept heures, ou du neurochirurgien passé en trombe pour lui dire que tout allait bien, que tout était prêt, que le docteur Harbour se trouvait déjà en bloc opératoire, qu'ils allaient commencer très bientôt et qu'il se réveillerait en fin d'après-midi débarrassé de sa tumeur.

Lorsque l'infirmier, presque trop large pour passer dans la porte, vint le chercher avec la civière qui semblait minuscule à côté de lui, Simon eut même un sourire et se dit que ça, au cinéma, semblerait un peu exagéré et trop bouffon.

« Vous êtes prêt ?
— Oui, et vous ? »
Le gros homme rit.
« C'est rare qu'on voie un malade faire des farces avant l'opération… Y'en a qui sont complètement gelés pis qui ont l'air

aux anges, mais de là à faire des farces... Bon, on va passer votre soluté entre les barreaux de la civière... Boon... et vous allez maintenant essayer de vous glisser d'un lit à l'autre...

— J'peux pas juste me lever et me recoucher sur la civière ?

— Non, y faut que vous passiez de l'un à l'autre... T'nez, j'vas vous aider... »

(En faire un Français, genre Paul Buissonneau, lui demander de prendre son air ahuri si comique, tout filmer en gros plan de façon à ce qu'on ne voie ni le lit ni la civière, mais uniquement les visages... non, ça aussi ce serait trop.)

Il se retrouva sur la civière sans trop s'en rendre compte. Il avait un peu froid, le dit. Le gros infirmier le couvrit d'une mince couverture de laine, mais très chaude. Il se sentait bien.

« Je ferais bien un tour à travers les corridors de l'hôpital, comme ça, avec vous qui me pousseriez...

— Vous en faites pas, on s'en va pas mal loin. Le bloc opératoire est à l'autre bout du monde... »

Un beau visage s'encadra dans son champ de vision. Une des nombreuses gardes-malades de jour qui venait aux nouvelles.

« Pas trop nerveux ?
— Pas du tout, merci.

— Dites-le, hein… Le docteur Meyer a prescrit un petit quelque chose au cas où vous vous sentiriez angoissé…

— De toute façon, je sentirai pus rien dans quinze minutes… et pour les huit heures qui vont suivre !

— Tant qu'à ça… »

Elle posa une main sur son bras.

« Bonne chance. Vous allez voir, c'est ben moins pire qu'on pense… »

Des claquements de talons sur le plancher. Elle s'éloignait, son panier de médicaments dans les bras. L'avait-elle déjà oublié ? Probablement.

« Bon, laissez-vous aller, un peu, on a une bonne petite trotte à faire… »

Simon regarda le plafond défiler sous ses yeux, repensa au cinéma. Combien de fois avait-on utilisé la caméra objective, comme ça, couchant le spectateur à la place du malade, lui montrant les tuiles salies, les moulures de plâtre jaunies par l'âge, des centaines, des milliers de fois ? Lui, dans son film… Il essaya de trouver une autre façon de balader le spectateur à travers les corridors de l'hôpital, n'en trouva pas et finit par se dire qu'après tout un bon vieux truc restait toujours un bon truc…

Ils prirent un ascenseur ; ça, c'était déjà plus drôle. Surtout de voir les gens étirer le cou vers lui, le regarder avec compassion, ou alors feindre de l'ignorer, comme s'il n'avait pas été là. Il se permit même de dire à une vieille dame qui lui avait carrément tourné le dos – des mauvais souvenirs ? – et qui s'acharnait à déloger une poussière inexistante sur la manche de son manteau :

« Faites-vous-en pas, madame, c'est pas moi qui est dans la civière, c'est quelqu'un d'autre ! »

Ça marchait encore une fois ; il avait réussi à fixer son attention sur des détails insignifiants, de façon à oublier l'événement lui-même, son importance, les dangers qu'il représentait. Il était un personnage dans un film, et c'est sur ce personnage que la chirurgie serait pratiquée dans quelques minutes.

Une porte double abîmée au milieu par les centaines de civières qu'on avait poussées dans le bloc opératoire, une chape d'air trop climatisé malgré la laine dont il était recouvert, un visage bienveillant à sa droite. L'anesthésiste qui lui souriait.

Simon entendit qu'on disait – il reconnut la voix du docteur Harbour – qu'il était prêt pour la chirurgie. L'anesthésiste se pencha sur lui.

« Ça y est ? On y va ? »

Troisième partie

LA TEMPÊTE

« Ouvrez les yeux… Simon… Vous pouvez ouvrir les yeux, tout est fini… »

Il ouvrit les yeux. Péniblement.

« Qu'est-ce qui est fini ?

— L'opération !

— L'opération est finie !

— Oui, et c'est une grande réussite !

— J'pensais que c'était même pas commencé ! J'pensais que l'anesthésiste venait juste de me dire : « Ça y est, on y va ? »

La joie. Le soulagement. La fatigue, aussi, comme s'il revenait d'un long voyage difficile. En fait, Simon aurait voulu qu'on le laisse en paix et se rendormir sur-le-champ.

« Nous avons réussi à épargner votre nerf facial, vous n'aurez pas de paralysie faciale… Faites-moi un sourire… »

Il s'exécuta en se trouvant un peu ridicule d'être obligé de sourire, comme ça, à l'issue d'une chirurgie de plusieurs heures.

« C'est beau ! Vous n'avez aucune paralysie ! Votre sourire est exactement le même qu'avant ! Vous pouvez arrêter de sourire, là. »

Simon s'exécuta.

Puis il se rendit compte qu'il voyait double. Il voyait deux images distinctes, l'une à côté de l'autre, comme si on l'avait installé devant deux téléviseurs branchés sur la même chaîne.

« J'ai peut-être pas de paralysie faciale et j'en suis très fier, merci beaucoup, docteur, mais je vois double ! »

Le docteur Meyer se redressa un peu en fronçant les sourcils.

« Je vous ai vu froncer les sourcils, là, je vous ai même vu froncer les sourcils *deux fois,* une fois avec chaque œil. C'est pas normal ? »

Le docteur se repencha sur lui, examina ses yeux l'un après l'autre.

« S'il vous plaît, répondez-moi ! Dites-moi que je verrai pas double pour le reste de mes jours ! Un cinéaste qui voit double, franchement !

— Non, non, rassurez-vous. C'est rien. Vous revenez de loin, Simon, vos fonctions vitales ont été immobilisées pendant huit heures… vous n'avez pas encore eu le temps de faire le point, c'est tout…

— Le point, vous voulez dire le focus, comme au cinéma ? »

Le docteur esquissa un petit sourire involontaire et Simon eut envie de l'embrasser tant il se sentait soulagé.

Une garde-malade arriva sur les entrefaites et lui prit les deux mains.

« Vous sentez mes mains ?

— Oui. Elles sont merveilleusement douces.

— Oh, un charmeur… Les deux ?

— Oui, les deux.

— Serrez-les. »

Il serra le plus fort qu'il put, ce qui lui sembla ridiculement mou. Il voulait se faire dire qu'il était fort, que tout allait bien, qu'il était brillant dès le réveil de cette affreuse chirurgie, qu'il était l'exception et qu'il allait courir dans les corridors de l'hôpital dans deux ou trois jours… mais il voulait surtout qu'on le laisse dormir.

« Très bien. On fait la même chose avec les pieds, maintenant. Vous sentez mes deux mains ?

— Oui.

— Poussez. Trèèès bien. Vous êtes une force de la nature. »

Il la regarda en souriant.

« Vous dites ça combien de fois par jour ? À combien d'opérés ? »

Elle lui tapota le genou.

« Un charmeur doublé d'un smatte ! Pourquoi vous voulez savoir ça ? Vous aimeriez mieux qu'on vous dise que vous avez pas de forces ? C'est vrai que vous avez pas de forces, mais vous êtes capable de pousser avec vos deux pieds, ce qui est pas le cas de tout le monde qui revient de cette opération-là… Comptez-vous chanceux. »

Le docteur la poussa gentiment par le coude. Elle s'éloigna en menaçant de revenir bientôt.

« C'est elle qui va prendre soin de moi pendant quinze heures ?

— Garde Gagnon est une de nos plus dévouées gardes-malades…

— Dans un film français, on appellerait ça un dragon… pis dans un film québécois, une grosse pas bonne… »

Simon sentit que le docteur se préparait à partir. Il lui prit la main.

« J'entends pus l'acouphène, non plus, docteur, merci… »

Le langage du corps ne trompe pas. Malgré sa grande expérience, le docteur Meyer hésita une petite seconde avant de lui répondre et ne put empêcher son coude droit de bouger de quelques centimètres.

Ça y est, la mauvaise nouvelle s'en venait…

« On reparlera de ça plus tard…

— Pourquoi ?

— Votre… Votre tête est encore… disons… gelée…

— Gelée ? Comme après une visite chez le dentiste ?

— Disons, oui… Votre tête, comme après une visite chez le dentiste, prendra quelques heures et même quelques jours avant de… dégeler complètement. C'est juste à ce moment-là que nous saurons toute la vérité au sujet de votre acouphène.

— Mais ça se peut qu'y soit disparu ?

— Ça se peut.

— Mais c'est pas sûr ?

— Écoutez, ne me faites pas faire des promesses que je ne pourrai peut-être pas tenir… Le docteur Harbour et moi, on a toujours été francs avec vous, à ce sujet-là…

— Oui, c'est vrai… Excusez-moi… Chuis bien bavard pour un gars qui revient de si loin, hein ?

— N'oubliez pas que vous êtes encore sous l'effet des narcotiques… Y'a des opérés qui sont beaucoup plus bavards que vous… ils nous content leur vie au complet en se réveillant et ils ne s'en souviennent même pas, après… Y'a des gens qui appellent la salle de réveil *le confessionnal…* Essayez de vous reposer sans vous poser de questions…

J'irai vous voir dans votre chambre demain matin à la première heure...

— Au fait, y'est quelle heure, là ?

— Six heures du soir. Vous êtes sorti du bloc opératoire à cinq heures moins quart...

— Et je reste ici jusqu'à demain matin ?

— Demain matin huit heures.

— Pourquoi ?

— Je viens de vous dire de ne pas vous poser de questions...

— Au cas où y'aurait des complications ?

— Vous venez de subir un grand traumatisme... On a ouvert votre crâne ! Les premières vingt-quatre heures après ce genre d'opération sont très importantes, c'est pourquoi on garde le malade sous observation... Essayez de vous reposer... et à demain. »

Aussitôt le docteur parti, il ferma les yeux. Enfin ! Mais c'était quand même lui qui avait retenu le neurochirurgien avec ses questions sans fin, non ?

Simon sombra immédiatement dans un délicieux sommeil... pour se réveiller presque aussitôt.

« Réveillez-vous ! Réveillez-vous !

— Hein ? Quoi ? Qu'est-ce qu'y'a ?

— Réveillez-vous. Prenez mes deux mains et serrez-les.

— Mais je viens juste de m'endormir !

— Pas du tout. Je vous ai laissé dormir vingt minutes, comme c'est prescrit.

— Vingt minutes ! Vous osez me réveiller après vingt minutes !

— Oui, et je vais vous réveiller aux vingt minutes toute la nuit ! Je sais que c'est désagréable, mais dites-vous que c'est pour votre bien… »

Elle avait posé une main douce et fraîche sur son front. Il l'aurait mordue !

« S'il vous plaît, faites-moi pas ça ! Je veux dormir !

— Je le sais bien, mais j'y peux rien. Je vais vous demander de serrer mes mains et de pousser avec vos pieds aux vingt minutes…

— Pendant quinze heures ?

— Jusqu'à demain matin, huit heures, oui… »

Ses yeux se remplirent de larmes malgré lui.

« Mais ces quinze heures-là finiront jamais par passer ! C'est cruel, c'est sadique, ce que vous faites !

— C'est peut-être cruel, mais c'est certainement pas sadique. S'il en tenait qu'à moi, je vous laisserais vous reposer, mais c'est mon métier…

— C'est votre métier de réveiller un pauvre grabataire à moitié mort aux vingt minutes ? »

Elle sourit. C'était un sourire d'une grande beauté et d'une grande bonté. Simon regretta aussitôt d'avoir été agressif avec elle. Mais elle devait être habituée...

« C'est mon métier de veiller sur vous à votre réveil. Les premières heures sont primordiales, vous savez.

— En fait, vous êtes un ange gardien ? »

Elle ne répondit pas, se contentant de lui demander en lui montrant trois doigts :

« Combien de doigts vous voyez ?

— Six.

— Six ?

— Oui, je vois double. »

Elle fronça les sourcils, consulta sa charte au pied de son lit.

« Ça vient de commencer ?

— Non, j'étais comme ça en me réveillant.

— Vous en avez parlé au docteur ?

— Oui. C'est grave ?

— Non, non. Faut tout vérifier, c'est tout... Au fait, j'allais oublier... Votre ex-femme a téléphoné pour demander de vos nouvelles.

— Dramatique comme elle l'est, elle a dû téléphoner aux pompes funèbres juste avant. »

Elle rit de bon cœur, s'éloigna. Enfin, il allait pouvoir dormir encore vingt minutes.

« Réveillez-vous !

— Ah, non, pas encore vous ! C'est pas vos mains que je vais serrer, c'est mon poing que je vais vous mettre dans la face !

— Combien de doigts voyez-vous ?

— J'en vois pas, chus trop enragé ! Mais je devine que vous m'en montrez quatre.

— Les gens de la télévision ont téléphoné.

— La télévision ? Quelle télévision ?

— *Montréal ce soir*. Y voulaient savoir comment s'était déroulée l'opération.

— Mais j'avais prévenu aucune télévision ! Jacqueline, encore…

— Ils vous souhaitent prompt rétablissement et vont donner de vos nouvelles à dix heures…

— Au fait, y'est quelle heure, là ?

— Sept heures.

— Mon Dieu ! Cette nuit-là finira jamais ! Jamais !

— Y disent tous ça…

— Y'ont ben raison ! Laissez-moi dormir quarante minutes, la prochaine fois, voulez-vous ? Oubliez de venir me montrer vos maudits doigts…

— De toute façon, mon quart finit à huit heures... D'habitude je finis à minuit, mais ce soir j'ai un rendez-vous important... C'est garde Lacoursière qui va se charger de vous, après ça... Et pour que vous soyez pas trop étonné, sachez que garde Lacoursière est un homme.
— En plus, vous m'abandonnez !
— Eh oui.
— Pis on se reverra jamais ?
— Probablement pas. Une histoire d'amour bien courte...
— Me croiriez-vous si je vous disais que j'en ai vraiment connu des plus courtes ? »

Elle éclata d'un beau rire franc qui le ravit.

« C'est donc vrai, tout ce qu'on dit sur votre milieu ?
— Vous pouvez même pas vous imaginer tant que vous en faites pas partie !
— J'aime mieux réveiller mes opérés... Mais si vous continuez à parler comme ça, y va finir par être l'heure de vous réveiller avant même de vous endormir !
— C'est ça. Apportez donc une bouteille de Chivas Regal et un paquet de cartes, on va passer la nuit à jaser...
— Des cigares, aussi ?
— Vous en avez ? »

Elle allait s'éloigner, Simon la retint par la manche de son uniforme.

« Répondez-moi franchement… Comment ça se fait que j'ai pas mal à la tête ? Après tout, on vient de m'ouvrir le crâne avec une fraiseuse ! Est-ce que c'est parce que mon cerveau est encore trop gelé ?

— Pas du tout. Vous savez, les opérations à la tête sont parmi les moins douloureuses. Vous allez avoir l'impression que votre tête est grosse comme un melon d'eau pendant quelques semaines, mais vous n'aurez pas de véritable douleur… Quelques Tylenol de temps en temps vont vous suffire…

— C'est toujours ça de pris.

— Oui. C'est toujours ça de pris.

— Et mon acouphène, lui ? Est-ce qu'y va revenir ? »

Elle fronça les sourcils, remonta son drap, lui tapota l'épaule.

« Essayez pas de me faire parler. Ça, on le sait pas… Mais pensez-y pas… essayez de dormir…

— Essayer de dormir ! Vous êtes bonne, vous ! Vous êtes là pour m'en empêcher !

— Oui, et je vais faire ma job jusqu'au bout… »

Il lui sourit à son tour.

« Vous faites quand même un drôle de métier…

— Vous pouvez même pas vous imaginer tant que vous en faites pas partie… »

Garde Lacoursière était un gros homme charmant, trop à son avis, volubile, à peine efféminé mais assez pour que ça se remarque, et surtout impressionné par son statut de réalisateur de cinéma à succès. Il avait vu tous les films de Simon sans exception, n'en revenait pas de l'avoir comme *protégé* – « Attendez que Gaston apprenne ça ! Gaston, c'est mon conjoint. » –, pouvait citer des scènes complètes de ses scénarios tout en faisant de très mauvaises imitations des acteurs qui les avaient jouées. Cependant, il restait tout aussi inflexible que garde Gagnon devant ses demandes répétées de ne pas le réveiller aux vingt minutes.

Garde Gagnon, quant à elle, était venue l'encourager avant de partir, lui disant que la nuit ne serait pas si terrible, que l'opération semblait être un succès, que le téléphone ne dérougissait pas et qu'il pourrait dormir vingt-quatre heures d'affilée, s'il le voulait, en retournant à sa chambre… dans douze heures.

« C'est pas vingt-quatre heures d'affilée dans douze heures que je veux dormir, c'est juste deux ou trois heures tout de suite ! Deux ou trois petites heures… »

Avant de partir, garde Gagnon l'avait félicité pour son œuvre cinématographique et lui avait souhaité de réaliser encore des tas de films, après sa convalescence…

Elle avait quitté la salle de réveil dans un nuage de *L'air du temps* qui lui rappela Jacqueline au début de leur mariage. Jacqueline portait-elle encore *L'air du temps*? Il se rendit compte qu'il ne l'avait pas remarqué depuis un bon bout de temps. Il ferma les yeux, appela l'image de son ex-femme, se pencha sur elle pour essayer de humer son cou comme il l'avait si souvent fait… Rien.

Simon s'endormit en se demandant même si *L'air du temps* existait encore, ou si garde Gagnon en avait trouvé un vieux flacon en solde quelque part…

Pour essayer de le faire rire, garde Lacoursière le réveilla à neuf heures quarante en imitant Denyse Filiatrault dans la fameuse scène du vol de banque de *Revolver au poing* ; puis en Jean Lapointe, saoul mort, dans *Laprise et compagnie,* à dix heures ; et en Hélène Loiselle engueulant ses enfants sur le balcon de la rue Logan dans *Le Faubourg à' m'lasse,* vingt minutes plus tard. Chaque fois qu'il entendait un de ses personnages lui dire « Réveillez-vous, là… », il aurait étranglé le garde-malade de ses propres mains. Il lui demanda d'arrêter d'imiter ses acteurs, mais garde Lacoursière, à qui on avait toujours dit qu'il était un excellent imitateur et qui, à la grande joie du personnel de l'hôpital, faisait souvent son numéro à la cafétéria, ne comprenait pas pourquoi.

« La nuit va nous paraître moins longue à tous les deux… J'fais un quart et demi, ce soir, moi, ça va être long pour moi aussi… Tenez, y'est onze heures quarante ; pour fêter minuit, tout à l'heure, j'vas vous faire Michel Côté quand y imite Marlon Brando à la fin de *Destins croisés.* Ça va être une imitation dans une imitation… Combien de doigts vous voyez ? »

La nuit entière fut donc ponctuée par la visite de tous ses acteurs qui lui demandèrent de pousser avec ses pieds, de serrer leurs mains et de compter combien de doigts il voyait pour vérifier si ses réflexes étaient toujours bons. Simon s'y habitua, y prit même goût, et, effectivement, le temps finit par lui sembler moins long. Il se permit même de rire lorsque Jeanne Moreau, qui était venue à Montréal tourner quelques scènes de *L'Un sans l'autre*, le réveilla avec sa belle voix traînante : « Ouvrez les yeux. Ouvrez-les. C'est pas la peine de faire semblant de dormir, je sais que vous m'écoutez. » L'imitation était aussi mauvaise que les autres, l'accent français complètement raté, mais c'était fait avec une telle sincérité...

Vers quatre heures du matin, garde Lacoursière posa la main sur son épaule en lui disant : « J'ai épuisé mon répertoire. J'en ai fait plus de vingt. Vous allez être obligé de m'endurer, moi, jusqu'à huit heures... »

Les quatre dernières heures furent donc les pires. Simon était épuisé, n'arrivait pas à se reposer, il avait chaud, il avait froid, trouvait la salle de réveil trop grande, puis trop petite ; il demanda en vain qu'on lui enlève au moins l'un des nombreux tuyaux qui, il en était convaincu, lui faisaient plus de mal que de bien, il exigea qu'on ouvre une fenêtre qui n'existait pas pour lui permettre de mieux respirer.

Il pleura d'exaspération à deux reprises. Garde Lacoursière en fut surpris, désolé de voir une de ses idoles s'écrouler devant lui, impuissant devant tant de révolte, habitué qu'il était à des clients plus soumis, plus compréhensifs, qui acceptaient plus facilement, *parce qu'ils comprenaient* qu'on passe une nuit entière à les réveiller aux vingt minutes, *parce que c'était pour leur bien.* Il en conclut que c'était vrai, en fin de compte, que les artistes n'étaient que des enfants gâtés.

À un moment donné, il dit même à son malade :

« J'ai l'impression d'avoir affaire à un enfant de huit ans !

— J'ai même pas huit ans ! J'en ai quatre ! Pis je veux qu'on me sacre la paix ! On vient de m'ouvrir le crâne, je vois double, j'ai des choses immondes qui me sortent par tous les orifices du corps, pis je me retrouve aux mains d'un tortionnaire qui fait le clown au lieu de me laisser dormir ! »

Piqué, garde Lacoursière s'éloigna en le traitant d'ingrat.

Simon regretta aussitôt ses paroles, mais n'eut pas le courage de rappeler le garde-malade pour lui présenter ses excuses.

Il pensa aux deux vedettes de son film qui avaient sacrifié depuis toujours une partie de leur énergie à éviter à tout prix d'avoir l'air des deux gardes-malades qui avaient pris soin de lui depuis la veille... Accepteraient-ils de jouer des rôles comme ceux-là ? En seraient-ils seulement capables ? N'étaient-ils pas prisonniers de leur physique, de leur image, de leur réputation ? S'étaient-ils éloignés de la réalité, de la *vérité,* au point de ne plus pouvoir s'en approcher ? N'étaient-ils pas condamnés à la beauté perpétuelle ? Il se dit qu'il était peut-être injuste, que l'anesthésie le faisait délirer, puis, pensant aux tubes qui lui sortaient du nez, des bras, du pénis – sentant un picotement au bas-ventre, il s'était aventuré dans ce bout-là pour trouver un cathéter attaché à sa cuisse droite par un ruban adhésif –, il se dit que sa star féminine, en tout cas, n'accepterait sûrement pas de jouer une nouvelle opérée sans ses faux cils. Quelle absurdité !

De plus, garde Lacoursière aurait bien de la difficulté à imiter les deux vedettes de son nouveau film, comme il l'avait fait pour ses autres acteurs, de *vrais* acteurs, ceux-là, parce qu'ils n'avaient aucune personnalité. Ils étaient inimitables parce qu'ils n'existaient pas vraiment !

Il était convaincu de ne plus pouvoir se rendormir, jamais, tellement il était fatigué.

Puis, comme ça, tout d'un coup, il se réveilla dans sa chambre.

On l'avait transporté sans qu'il s'en rende compte.

Et garde Lacoursière l'avait laissé partir sans lui faire ses adieux.

Il se rappela que la dernière fois qu'il l'avait réveillé, il lui avait dit avec un mauvais sourire :

« Ça achève, là, pis vous voyez, vous êtes pas mort ! »

Il fit du regard le tour de sa chambre qui lui était devenue si familière. Deux lits. Deux tables de chevet, deux portes… et deux téléviseurs. Il se rendormit en se demandant s'il allait devoir à l'avenir porter un patch sur un œil pour ne plus voir double.

Simon se réveilla au milieu des fleurs. Trop de fleurs. Ça sentait tellement la rose qu'il eut l'impression de se retrouver dans un salon funéraire. Et que c'était lui qu'on pleurait.

Jacqueline et leurs deux fils étaient à son chevet.

Il voyait toujours double et se sentit à l'étroit dans son lit et même dans la pièce, au milieu de cette foule. Il posa la main sur ses yeux.

« Y'a-tu trop de lumière, papa ? On peut éteindre ta lampe de chevet… »

Vincent, le plus vieux, vingt-trois ans, acteur au chômage – il refusait absolument de travailler dans les films de son père –, gay, fier de l'être, adorable, sensible, si parfait qu'il avait souvent envie de le frapper, juste pour voir sa réaction.

« Non, c'est pas ça… Je vois double. »

Jacqueline fut aussitôt sur ses pieds.

« Tu vois double ! Ça a pas de bon sens ! Qu'est-ce qu'on va faire ? Veux-tu que j'appelle quelqu'un ?

— Non, non, c'est correct. C'est comme ça depuis la salle de réveil.

— Tu vas pas rester comme ça, toujours ? »

Leur autre fils, Hervé, le bum charmeur, tout juste vingt ans, qui vivait jusqu'à il n'y a pas si longtemps des largesses des femmes qu'il rencontrait dans un club chic de la rue de la Montagne. Il était beau, ténébreux, il leur racontait une histoire triste, elles faisaient semblant de le croire et le reste déboulait tout seul. Un gigolo de l'an 2000. Et tout aussi fier que son frère aîné.

Sa mère, en apprenant la vérité, l'avait très mal pris ; lui avait ri. Alors que l'homosexualité de Vincent, sans le choquer, l'avait quand même pris de court. Ne sachant quoi lui dire après la scène des aveux qui lui avait rappelé celle qu'il avait déjà vécue avec Jean-Marc trente ans plus tôt – à part qu'il l'acceptait, qu'il n'y avait aucun problème, qu'il n'avait rien contre –, il l'avait envoyé voir son vieil ami qui s'était fait un plaisir de jouer par procuration le rôle du père et celui de guide. Il avait même eu peur, quel imbécile il faisait, des fois, qu'une idylle se développe entre Jean-Marc et son fils !

« Non, je resterai pas toujours à voir double, comme ça... Du moins je l'espère... Un demi-sourd qui voit double, franchement, c'est un peu trop mélodramatique... »

Jacqueline était maintenant penchée sur lui, il le sentait parce qu'elle masquait la lumière.

« J'pensais te trouver avec la tête rasée... Ou bien avec une espèce de turban... Y t'ont juste rasé un petit bout, derrière l'oreille, on dirait juste que tu t'es cogné la tête sur la porte du frigidaire !

—T'es déçue ?

— Hein, niaiseux ! Chuis soulagée ! »

Elle lui récita ensuite le nom de tous les gens qui lui avaient envoyé des fleurs ou qui avaient téléphoné – le producteur, les acteurs, le directeur photo, Johanne Lachance, la pauvre assistante qui lui avait suggéré le nom du docteur Harbour, d'autres acteurs avec qui il avait travaillé au fil des années, le directeur d'un festival mondial de cinéma, quelque part en Amérique du Sud, quelques maîtresses qu'il avait eues pendant leur mariage et qu'elle cita en arrondissant les yeux. Encore jalouse après vingt ans ?

Simon allait crier grâce lorsque la porte de la chambre s'ouvrit. Il jeta un coup d'œil. La belle grande Noire le regardait en souriant.

« Toujours pas mort, vous ? »

Hervé lui fit un air d'appréciation, d'un tombeur à l'autre, qu'il détesta. Il ne voulait plus les avoir avec lui, soudain, il voulait se retrouver seul. Pas même avec la Noire, seul, pour dormir encore et encore.

La garde-malade s'adressa aux trois visiteurs :

« Vous allez nous excuser, mais il faut que je fasse lever notre malade… Vous pouvez rester, si vous voulez… »

Jacqueline fut immédiatement sur les dents.

« Vous y pensez pas ! Y vient d'être opéré !

— Il a été opéré il y a trente-six heures et on doit le faire lever, sinon, ça sera plus difficile, plus tard… Les nouveaux opérés sont souvent paresseux et y faut combattre la paresse très tôt… »

Il posa la main sur le bras de son ex-femme.

« Laisse-la faire sa job, Jacqueline, a' doit savoir c'qu'a' fait !

— Pis si tu tombes ? »

La garde-malade la poussa un peu vers le pied du lit.

« Chuis là aussi pour ramasser ceux qui tombent. Et surtout pour les empêcher de tomber ! »

Ce fut difficile, humiliant. Simon fulmina, il sacra, faillit tomber à de nombreuses reprises, fut sauvé de justesse par la vigilance de la belle Noire qui sentait si bon le jasmin. Il l'avait prise par le cou, elle le tenait par la taille. Le vertige, surtout, était terrible. Tout chaloupait dans la petite chambre, les deux images, sans jamais se mêler ni même se joindre, valsaient, tanguaient, et quand il fut enfin debout, il dut fermer les yeux parce qu'il ne savait pas laquelle des deux était la bonne.

Ses jambes étaient molles, il tremblait, il avait froid, il voulait sortir de son corps, le laisser derrière lui à tout jamais et investir celui de la première mouche rencontrée. Mais alors, ce n'est plus double, qu'il verrait, mais...

« J'ai envie de vomir ! J'ai envie de vomir ! »

Jacqueline se jeta sur la petite poubelle, sous le lavabo, et la lui tendit avant que la garde-malade ait eu le temps de cueillir le haricot de métal posé sur la table roulante qu'elle avait poussée pour l'aider à se lever.

Rien ne sortit, seule une grande faiblesse le jeta par-derrière quand il eut fini de forcer, et il faillit tomber sur le dos dans le lit.

« Assoyez-vous. Assoyez-vous. On est pas obligé de tout faire en même temps.

Et ouvrez les yeux quand vous allez vous relever, ça va peut-être être plus facile…

— Je vois double.

— Ah oui, c'est vrai, le docteur Meyer m'a dit ça. Ça vous donne le vertige ?

— Je le sais pas, j'ai pas gardé les yeux ouverts assez longtemps pour vérifier…

— Essayez… Ouvrez les yeux et essayez de vous mettre debout… »

Il reposa les pieds par terre, se donna un élan, ouvrit les yeux.

Devant lui, juste au-dessus du petit lavabo, était accroché un miroir.

Ce qu'il y vit l'épouvanta. Un pantin désarticulé, blême, ébouriffé, tremblant, l'œil fiévreux, la bouche douloureuse. En deux copies, celle de gauche un peu plus haute que l'autre, mais qui ne se touchaient pas. Non seulement avait-il l'air d'un mort-vivant, mais, en plus, il le voyait deux fois !

Puis il pensa à l'odeur. Il ne s'était pas lavé depuis quand ? Il devait sentir le diable ! Et son haleine ? Il pinça les lèvres, détourna la tête. La pauvre garde-malade devait suffoquer ! Surtout, ne pas répondre si elle lui parlait. Ou alors en se tordant le cou pour au moins lui éviter *ça* !

« Essayez maintenant de faire quelques pas vers le lavabo… Dirigez-vous vers le lavabo, tout doucement… J'vais vous soutenir, puis, si je vois que ça va bien, j'vais vous laisser aller tout seul… »

Il en fut incapable. Tout ce qu'il réussit à faire, c'est soulever les pieds l'un après l'autre, comme s'il montait un escalier. Ou comme un enfant de douze mois qui apprend à marcher.

La garde-malade sembla déçue.

« C'est pas si mal. Ça va aller mieux demain matin… »

Simon se laissa tomber sur le lit plus qu'il ne s'y allongea et informa tout le monde qu'il préférait rester seul.

Jacqueline protesta, mais pas ses deux fils qui semblaient comprendre qu'il ne voulait pas qu'on le voie ainsi, diminué, en position de faiblesse. Ils l'embrassèrent chacun à son tour en lui promettant de ne pas revenir trop souvent ; il essaya sans vraiment y parvenir de leur sourire et fut si soulagé lorsqu'ils furent partis qu'il se mit à trembler.

La garde-malade fit comme si elle ne voyait rien, se contentant de lui dire de dormir, qu'elle allait revenir plus tard…

« Sortez donc toutes les maudites fleurs, pendant que vous y êtes… y'en a trop, ça va m'étouffer…

— J'allais le faire… À tout à l'heure. »

Quand il se retrouva seul, il rouvrit les yeux. Deux postes de télévision étaient accrochés au plafond.

« Ça peut pas continuer comme ça ! Ça peut pas continuer comme ça, j'vais devenir fou ! »

Il alluma le poste à l'aide de la télécommande. RDI. Les nouvelles de neuf heures. Deux fois.

« Qu'est-ce que j'vais devenir, mon Dieu, qu'est-ce que j'vais devenir ? »

C'était une habitude chez lui de lire, la nuit, quand il souffrait d'insomnie ou lorsqu'il avait de la difficulté à se rendormir après ce qu'il appelait « son pipi de quatre heures du matin ». Il passait à travers deux ou trois chapitres d'un roman policier, rêvassait un petit moment après avoir éteint, puis se rendormait. La plupart du temps, il ne se souvenait pas de ce qu'il avait lu et était obligé de reprendre, souvent en sacrant, les pages parcourues pendant la nuit.

Cette nuit-là, celle suivant la visite de Jacqueline et de leurs deux fils, il n'arrivait pas du tout à dormir parce qu'il aurait voulu se tourner sur le côté gauche et qu'il n'y parvenait pas. Pour le côté droit, ça allait sans problème, mais du côté de son opération, c'était différent. Il s'était tassé le plus possible sur la droite du matelas, avait saisi le montant gauche de son lit avec son bras droit et tiré de toutes ses forces dans l'espoir que son corps roulerait sur le côté gauche. Mais lorsqu'il tournait la tête vers la gauche – il supposait que c'était parce qu'elle n'était pas encore tout à fait « dégelée » –, il avait l'impression qu'une énorme bosse totalement insensible avait poussé sur son cuir chevelu ; il ne sentait pas sa tête, il ne sentait pas l'oreiller, il était convaincu d'avoir le cou plié à un angle impossible et chaque fois, dégoûté, il lâchait prise pour se retrouver sur le dos.

Il avait demandé à la belle Noire, lors de sa dernière visite, combien de temps allait prendre sa tête pour retrouver toute sa sensibilité et la réponse avait été des plus sibyllines :

« Vous sortez pas de chez le dentiste, ça va prendre plus de temps... Et dites-vous bien qu'on a coupé des milliers de petits nerfs du cuir chevelu qui sont assez longs à... à... disons se raccommoder... »

Il n'aimait pas qu'on le prenne pour un enfant et le lui fit comprendre :

« Mais ça me dit pas combien de temps, ça...

— J'peux rien vous dire là-dessus... Ça peut prendre des semaines, des mois...

— Des années ?

— Écoutez, c'est le temps de dormir, là, pas de vous donner des raisons d'angoisser. Petit à petit, sans que vous vous en rendiez compte, la sensibilité va revenir... La même chose avec le côté gauche de votre bouche et de votre langue... Mais c'est moins long pour la bouche et la langue... »

Après le départ de la garde-malade, il avait fait deux ou trois autres tentatives, avait échoué, puis s'était résigné à passer le reste de la nuit sur le dos ou sur le côté droit. Mais le sommeil ne venait pas. Il étira le bras, alluma sa lampe de chevet, s'empara de la télécommande.

Il voyait toujours double, mais les deux images s'étaient rapprochées l'une de l'autre, jusqu'à se toucher presque, comme si ses nerfs moteurs oculaires avaient recommencé, doucement, à travailler. Il ouvrit grand les yeux, les plissa, fronça les sourcils, essaya de faire le point, sa vision restait toujours double.

Il constata au bout de quelques minutes que lorsqu'il ouvrait et fermait les yeux rapidement, les deux images bougeaient, parfois se rapprochant, parfois s'éloignant, et il pensa à l'effet stroboscopique du cinéma : des images montées à la suite l'une de l'autre, qui défilent à une certaine vitesse, qui finissent par n'en former qu'une... Cela n'avait rien à voir avec son problème, il le savait bien, mais il se mit à papillonner des yeux le plus rapidement possible pour voir ce que cela donnerait. Il regarda danser les deux images, d'abord dans tous les sens puis, peu à peu, peut-être à cause de l'exercice qu'il imposait à ses nerfs optiques, elles se frôlèrent, ensuite elles se chevauchèrent, la droite de l'une sur la gauche de l'autre, pour parvenir, au bout de quelques heures, à se fondre l'une dans l'autre.

Il était épuisé, il avait un mal de tête effroyable, mais il avait réussi à faire le point !

Il sonna, la belle grande Noire vint tout de suite parce qu'il était cinq heures du matin et qu'elle avait cru à une urgence.

Il lui fit un grand sourire et lui dit :

« Vous direz au docteur Meyer, si vous le voyez, que j'ai réussi à faire le focus tout seul. Je vois pus double ! Me donneriez-vous une douzaine de Tylenol, s'il vous plaît ? »

Petite victoire au milieu de tant de moments humiliants.

La visite de Jean-Marc, le lendemain soir, lui fit plaisir. Du moins au début.

Son ami arriva avec des fleurs, une boîte de chocolats et un teddy bear dont il avait pansé assez comiquement la tête. Sur la carte de prompt rétablissement, il avait écrit : « Un teddy bear réparé reste un teddy bear usagé. »

Simon rit, essuya une larme.

« T'as toujours trouvé le bon mot, mon Jean-Marc. Je me sens en effet *usagé*. Obsolète. Passé date.

— Mais non, mais non. C'tait juste une farce. Tu vas sortir d'ici comme un boulet de canon, tu vas vite retomber sur tes pattes, mon Simon, tu vas étonner tout le monde, toi le premier, tu vas voir... T'as toujours été une force de la nature !

— On va dire que je te crois... »

Des généralités. La pensée positive à tout prix. Le pauvre malade qu'il faut consoler, tenir dans un cocon chaud et douillet, pauvre petit oiseau traumatisé qui a déjà assez souffert sans qu'en plus on l'inquiète avec des questions délicates.

Jean-Marc s'assit sur le bord du lit, déposa sa main sur son pied. Simon en ressentit comme un vague malaise, en eut un peu honte.

« Tu souffres pas trop ?

— J'souffre pas du tout, ce qui fait que j'ai toute la misère du monde à faire pitié ! »

Et c'est là que Jean-Marc commit sa première gaffe et que la visite prit une tangente que ni l'un ni l'autre n'auraient voulu lui voir prendre.

Jean-Marc lui demanda la permission de se verser un verre d'eau, le but goulûment parce qu'il faisait chaud dans la chambre et posa la question qu'il n'aurait pas dû poser, sur le ton de l'ami concerné qui s'inquiète :

« La perte totale de l'ouïe, à gauche, ça te pose pas trop de problèmes ? Tu vas t'habituer vite, y paraît ? »

Au regard de panique que le malade lui jeta, il comprit tout de suite qu'il avait gaffé.

« Qui est-ce qui t'a parlé de ça ? »

Jean-Marc se passa la main sur le front, essuya une goutte de sueur qui venait de perler à la racine de ses cheveux.

« Excuse-moi. Mon Dieu, excuse-moi. Tu le savais pas ? Y te l'ont pas encore dit ? Ça fait je sais pus trop combien de temps qu'on s'est pas vus, j'arrive ici avec mon cadeau ridicule et en plus je te pose la mauvaise question ! Quel imbécile !

— Toi, qui est-ce qui te l'a dit ?

— Jacqueline. On dirait que c'est ce qui la préoccupe le plus... »

Une autre gaffe. Jean-Marc se serait battu.

« Non, y me l'ont pas encore dit. Pis Jacqueline est vraiment une grande gueule, hein ? »

Il le savait, pourtant. Il s'était empêché d'y penser, avant l'opération, il avait failli poser la question au docteur, dans la salle de réveil, quand celui-ci lui avait dit qu'ils parleraient *du reste* plus tard.

C'était ça, le reste.

Ils avaient dû sacrifier le nerf auditif, le rompre, le couper, le tailler pour décoller puis retrancher la tumeur... Pourquoi le lui avoir caché ? Un oubli ? On ne le lui avait pas vraiment caché. Il avait été très clair dès le début qu'ils auraient *probablement* à sacrifier le nerf sur lequel s'était formée puis avait poussé la tumeur. Les docteurs avaient dû croire qu'il avait compris... Mais entre comprendre et *comprendre*...

« Encore une fois, excuse-moi...

— Fais-en pas un drame. C'est moi qui aurais dû comprendre avant... Je le savais, au fond, je le savais... Je voulais pas le savoir, c'est tout... J'aime mieux l'apprendre de toi que de Jacqueline, de toute façon...

— Veux-tu que je te laisse ? Veux-tu que je me jette par la fenêtre ?

— Cette fois-là, tu le ferais, hein ?

— Bien sûr ! »

Simon ne put s'empêcher de sourire. Il vit des souvenirs, peut-être les mêmes que les siens, revenir à la mémoire de Jean-Marc, cette façon qu'ils avaient eue, adolescents, de tout virer en ridicule, même les choses qui les blessaient le plus, ce grand éclat de rire méprisant qu'ils jetaient sur tout ce qui ne faisait pas leur affaire, leur certitude d'avoir la force de passer à travers tout, absolument tout, sans se laisser toucher. Sauf par des œuvres d'art. Pleurer au passage du bateau dans *Amarcord*, soit, mais rester la tête froide, toujours, devant les aléas de la vie, les complications de l'existence. Et se demander l'un à l'autre, au milieu des pires moments : « Veux-tu que je me jette par la fenêtre ? » pour empêcher l'émotion de prendre le contrôle de leur vie.

« Ça vaut même pas la peine d'essayer, la fenêtre ouvre pas assez grand. Et, oui, je vais finir par m'habituer. Tu vois, je le savais pas, et ça me dérangeait pas… Là, maintenant que je le sais officiellement, ça va peut-être commencer à me déranger, par exemple… »

Jean-Marc se leva d'un bond.

« Dis-moi que c'est une farce que tu fais…

— Tiens, tiens, tiens… C'est toi qui as besoin de te faire rassurer, cette fois-là ?

— Qu'est-ce que tu penses ? Deux gaffes graves en moins de cinq minutes ! C'est moi qui apprends à mon meilleur ami qu'y'entendra pus jamais à gauche ! Un mélodrame dont on aurait jamais osé rêver quand on était jeunes ! »

Pour faire rire Jean-Marc, peut-être aussi pour oublier sa propre douleur, Simon s'allongea sur son lit, fit celui qui vient de se réveiller, se frotta les yeux et dit avec la voix de la petite Marie-France, une actrice-enfant française qu'ils avaient détestée pendant toute leur enfance et qui jouait toujours les martyres : « Qui a éteint les lumières ? » en tâtonnant devant lui comme un aveugle.

Ils rirent pendant deux bonnes minutes, se remémorèrent d'autres mélodrames qui les avaient ravis, *La Pocharde*, *J'ai péché*, *Demain, il sera trop tard*, se mouchèrent, se tamponnèrent les yeux, puis, peu à peu, se calmèrent. Ils poursuivirent la conversation sur des généralités, se contentant, comme des amis qui se retrouvent après longtemps sans avoir grand-chose à se dire, de graviter autour de leurs souvenirs communs, de l'insignifiance de leur enfance, les bourdes de leur adolescence, les mauvais choix de leur âge adulte, radotages sécurisants et sans danger qui leur permettaient de ne rien dire tout en parlant beaucoup. Une heure se passa pendant laquelle rien d'important ou de conséquent ne fut dit. Ils étaient redevenus les deux bons vieux chums pour qui rien ne compte vraiment que la façon, de préférence ironique, de raconter les choses.

Avant de partir, cependant, Jean-Marc posa de nouveau sa main sur son pied qu'il retira malgré lui.

« Ça t'angoisse vraiment beaucoup, hein ? »

Simon poussa les couvertures, se leva soi-disant pour se rendre à la salle de bains, mais s'aperçut qu'il ne pouvait pas encore marcher tout seul.

« Tu peux pas savoir comment. »

Puis, avec un accent français mal imité :

« Alors, on s'appelle et on déjeune ? »

Et la voix de Jean-Marc, déjà dans le corridor :

« Oui. On fait ça. On s'appelle et on déjeune. »

Il tapota son oreiller trempé de sueur, se remit aussitôt au lit, s'attendant à ce que déferlent sur lui inquiétudes, angoisses et désolation, mais, à sa grande surprise, il s'endormit aussitôt.

Le reste de la semaine de convalescence à l'hôpital se passa en exercices de toutes sortes. Simon dut d'abord réapprendre à marcher, pas à pas, avec précaution ; d'abord deux pas pour se rendre au lavabo, puis dix pour aller à la salle de bains, puis une vingtaine jusqu'à la porte du corridor. On l'obligea, jaquette ouverte dans le dos parce qu'il avait trop chaud dans sa robe de chambre, à marcher dans le corridor en bougeant la tête le plus possible pour habituer son cou à reprendre sa souplesse. Il titubait comme un homme ivre, se tenait aux murs, se cognait aux cadres de portes, était obligé de demander de l'aide quand, au milieu de « sa petite marche de santé », comme l'appelait le docteur Meyer, il se sentait faiblir et que ses jambes pliaient sous lui. On accourait du poste de garde, on lui disait de ne pas trop s'en faire, on le ramenait en le soutenant comme un petit vieux.

La physiothérapeute, une charmante anglophone à qui, en toute autre circonstance, il aurait essayé de conter fleurette, l'encourageait du mieux qu'elle pouvait, montrait un enthousiasme d'employée de garderie quand il se rendait jusqu'au poste des infirmiers sans demander d'aide ou qu'il réussissait tout seul à se lever de son lit avant qu'elle n'arrive. Il lui disait :

« Charriez pas ! J'ai cinquante ans passés, c'est ben le moins que je sois capable de sortir du lit tout seul ! »

Elle lui répondait :

« Vous seriez étonné de savoir combien de malades sont trop paresseux pour suivre les exercices comme vous le faites... sans compter ceux qui ont des séquelles beaucoup plus graves... »

Il voulut évidemment en savoir plus sur « ceux qui ont des séquelles beaucoup plus graves », mais elle refusa de lui répondre, se contentant de lui conseiller d'apprécier de ne pas avoir de paralysie faciale ou d'autres désagréments encore pires.

« Vos docteurs vous avaient prévenu de ce qui risquait de se passer après l'opération, non ?

— Oui, mais je pense que j'ai enfermé tout ça au fond de mon tiroir étiqueté "dénis divers".

— Et vous voulez que ce soit moi qui l'ouvre pour vous ?

— Non, vous avez raison. Il vaut mieux que j'ignore ce à quoi j'ai échappé… Du moins pour le moment… »

Il eut beaucoup de visiteurs, reçut des tas de cartes et de télégrammes, un journaliste eut même le culot de l'appeler pour lui demander une interview télévisée. Il l'envoya bellement chier :

« Chuis assez humilié comme ça sans aller me montrer en public dans mon état actuel ! Savez-vous de quoi ça a l'air, quelqu'un qui vient de se faire ouvrir le crâne ? Personne veut voir ça à la télévision, voyons donc ! »

Chaque soir, après son travail, Jacqueline venait lui porter un repas qu'il grignotait du bout des lèvres pour lui faire plaisir. Simon ne mangeait pas tout, chipotait dans son assiette, cachait ce qui restait sous la serviette de papier.

Elle n'était pas dupe, mais elle savait qu'il appréciait son geste. Elle ne pleura pas une seule fois devant lui, non plus, jouant la femme forte qui peut tout supporter sans broncher. Mais il la connaissait assez pour savoir dans quel état elle se trouvait lorsqu'elle quittait la chambre, vers neuf heures, alors qu'il se préparait à se mettre au lit. Surtout qu'il n'était pas d'une compagnie des plus brillantes. Il lui arrivait même de lui dormir au nez.

Jacqueline partie, Simon faisait une toilette sommaire – il insistait pour se laver tout seul –, allumait la télévision et essayait de se perdre dans les reportages de la chaîne Historia ou les vieilles séries sur Canal D.

Quand le docteur Meyer lui apprit qu'il pouvait partir le lendemain, il eut quand même un petit pincement au cœur.

« Vous êtes sûr ! À peine dix jours après l'opération ?

— Si vous restez ici plus longtemps, Simon, on va trop vous gâter. Il faut que vous retourniez le plus tôt possible à une vie plus… normale. Quelqu'un va s'occuper de vous, les premières semaines ?

— Oui, ma femme et mes enfants vont passer chaque soir, chacun à son tour…

— Ça ne suffit pas… J'aimerais mieux savoir que quelqu'un est avec vous tout le temps que va durer votre première convalescence chez vous…

— Pourquoi "première" ? Y va y en avoir plusieurs ?

— Oui. Deux. Pendant la première, il faudrait que quelqu'un s'occupe de vous presque autant que si vous étiez ici. Après, petit à petit, vous allez être capable de tout faire tout seul, mais pour le moment...

— Chuis capable maintenant.

— Non. Ne présumez pas de vos forces. Il existe d'excellents systèmes de gardes-malades à domicile...

— Je verrai.

— Écoutez... J'ai déjà parlé à votre ex-femme. Tout est en train de s'organiser...

— Ah, c'est donc ça. Encore une conspiration. Est-ce que vous savez que je l'ai laissée en grande partie à cause de ses fameuses conspirations, justement, tout ce qu'elle faisait soi-disant « pour mon bien » et qui me tombait royalement sur les nerfs ? Elle m'a toujours traité comme si j'avais neuf ans !

— Écoutez, vous vous arrangerez avec elle...

— C'est vrai, ces choses-là vous concernent pas... Merci, docteur Meyer, merci beaucoup pour tout ce que vous avez fait pour moi...

— C'est mon métier...

— C'est un métier formidable. Sauver la vie des gens...

— Pour qu'ils puissent continuer d'aller au cinéma... Vous aussi, vous faites un métier formidable...

— J'fais un métier d'enfant de neuf ans. Un jeu ! Une bébelle ! C'est pour ça que je voulais pas que ma femme me le rappelle si souvent ! »

Ils se quittèrent comme deux amis qui savent qu'ils ne se reverront jamais.

Simon fit sa petite valise tout seul avant de se coucher. Il était tiraillé entre deux sentiments contraires : le soulagement de quitter l'hôpital si rapidement après une chirurgie aussi grave et la peur de se retrouver seul – même s'il prétendait le contraire – dans cette trop grande maison qui lui pesait même quand il était en parfaite santé. Cet escalier à monter pour se rendre à sa chambre ! Ces repas qu'il devrait se préparer, trois fois par jour ! Sa douche, si compliquée à prendre, si humiliante, aussi, parce qu'il devait se laver assis sur un petit banc de plastique…

Et son travail ? Quand retrouverait-il son travail ? Il avait parlé à Claude, le monteur, chaque jour ; le montage allait bien, il pourrait voir un bout-à-bout bientôt…

Mais aurait-il le courage, aurait-il seulement *envie* de voir un bout-à-bout dans l'état où il se trouvait ?

Il avait vécu un traumatisme trop grand depuis dix jours pour revenir comme ça à son insignifiant petit film, à cette imbécile petite comédie de mœurs dans laquelle il n'avait mis ni son âme ni même beaucoup de son intelligence ! Maintenant qu'il avait frôlé la mort, tout lui semblait tellement dérisoire.

Il demanda un Serax en se mettant au lit. La belle grande Noire lui dit de ne pas trop s'inquiéter, que tous les malades passaient par cette courte crise pendant laquelle ils avaient peur de quitter le nid, de replonger dans la vraie vie, parmi le vrai monde.

Cette nuit-là, pour la première fois depuis l'opération, il réussit à se tourner sur le côté gauche et il s'endormit en souriant malgré le ballon de football qu'il sentait toujours entre l'oreiller et sa tête.

Le lendemain matin, Simon fut réveillé par quelque chose de familier mais qu'il ne reconnut pas tout de suite. Étonnamment, l'angoisse se manifesta avant la compréhension. Il ouvrit les yeux, sentit son cœur sombrer dans sa cage thoracique parce que quelque chose de désagréable s'était produit durant la nuit, se demanda pendant quelques secondes ce qui se passait, puis comprit que l'acouphène était revenu.

Le sifflement de bouilloire n'était pas tout à fait le même, comme voilé, lointain, plus perçant, perché plus haut, mais son effet incommodant, accablant, était le même qu'avant l'opération. Il resta paralysé dans son lit, couché sur le dos, la tête bourdonnante, le cœur battant. Il avait tellement espéré, au moment où sa tête serait complètement « dégelée », qu'il n'entendrait plus ce son horripilant qui lui avait gâché la vie pendant la fin du tournage de son film… Malgré les avertissements répétés des docteurs, les dépliants qu'on lui avait prêtés à l'hôpital, les conversations qu'il avait eues, en physiothérapie, avec des gens qui avaient subi la même opération que lui, il avait *décidé* de croire que ce serait différent dans son cas et que jamais plus il n'entendrait cet abominable son qui lui avait vrillé le cerveau pendant près de deux mois.

Deux mois, ce n'était rien à côté de ce qui l'attendait. C'était donc définitif. Il allait entendre ça, cette horrible note stridente, jusqu'à la fin de ses jours ? Il se vit dans dix ans, dans vingt ans, un homme démoli, rendu fou par la présence incessante de ce diabolique sifflement, incapable de travailler, bourré de tics nerveux, un « has been » dont on dirait qu'il avait eu beaucoup de talent mais que tout espoir de le voir réaliser un grand film avait disparu après une opération à l'oreille interne qui l'avait enfermé dans un univers sonore insupportable…

Il se rappela ce que le docteur Harbour lui avait dit, lors de sa première visite : que son cerveau *choisirait* de ne plus entendre l'acouphène, que lui-même finirait par l'entendre seulement quand il y penserait…

Mais on ne peut pas oublier, ne serait-ce qu'une seconde, un son comme celui-là !

Son cuir chevelu picotait, il sentait pour la première fois sa tête qui cicatrisait du côté gauche. Il porta la main à sa blessure. Le ballon de football avait quelque peu diminué, il pouvait suivre ses doigts le long de la couture qu'il imaginait rouge sous le bandage blanc. On lui avait dit qu'on lui enlèverait son bandage avant sa sortie de l'hôpital et il eut envie de l'arracher tout de suite, de faire comme Van Gogh, d'aller fouiller là-dedans pour essayer d'extraire une fois pour toutes cet infernal sifflement de bouilloire.

Il refusa son petit déjeuner, ne fit pas sa toilette et la garde-malade venue prendre sa pression et sa température le trouva prostré, les larmes aux yeux, des sanglots dans la voix.

« Si ça continue comme ça, vous allez finir par me parler de la pierre philosophale, docteur Harbour !

— La pierre philosophale ? Pas du tout !

— Le docteur Meyer et vous, vous arrêtez pas de me rebattre les oreilles avec la patience... C'est pas ça que ceux qui étaient à la recherche de la pierre philosophale finissaient par trouver, la patience ? Au bout de trente ans, au lieu de se retrouver avec du plomb transmuté en or, y se retrouvaient très pauvres mais très patients, à force d'attendre et de répéter les mêmes gestes ! Très peu pour moi ! Juste à la pensée que, pas dans trente ans, mais dans trente jours je serai encore pogné avec ce bruit-là dans l'oreille, j'ai envie de me jeter par la fenêtre ! Sans compter la surdité totale, à gauche. On s'habitue à ça, une surdité totale d'un côté, comme ça ?

— Écoutez, je vous ai dit tout à l'heure que tous ceux qui sont atteints d'un acouphène passent par certaines périodes d'impatience, de dépression...

— Surtout quand on leur a fait miroiter que le bistouri et la fraiseuse allaient les en débarrasser !

— Nous ne vous avons rien fait miroiter du tout !

— C'est vrai, excusez-moi...

— Et c'est de votre tumeur qu'on vous a débarrassé ! Ne changez pas la mise ! L'acouphène ne représente pas un danger pour votre vie ; la tumeur, elle, aurait pu vous tuer !

— C'est encore vrai... Mais écoutez... Vous arrêtez pas de me dire que vous connaissez des cas comme moi, que vous en rencontrez tous les jours, que vous en opérez un par semaine... mais vous, vous personnellement, avez-vous déjà essayé de vous promener pendant des mois avec une bouilloire qui siffle dans votre tête pour voir comment on peut se sentir ?

— Ce n'est pas de moi qu'il est question ici... Et si vous voulez le savoir, oui, je l'ai essayé ! Ça faisait partie d'un cours qu'on donnait à l'université. Pour essayer, je dis bien *essayer* de comprendre ce que ressentiraient nos futurs clients. Pas par paternalisme, mais pour vivre ce que vivaient les malades... Appelez ça de la grosse démagogie de bas étage si vous voulez, mais au moins j'ai essayé de comprendre !

— C'est bien beau, tout ça, c'est bien courageux de votre part, mais quand vous vous promeniez avec votre faux acouphène, jamais, je dis bien jamais vous avez pu ressentir le désarroi, l'horreur de cette abominable certitude que rien changera jamais ! Vous pouviez enlever votre cilice n'importe quand, vous le faisiez peut-être même, la nuit, pour pouvoir dormir, vous *jouiez* à avoir un acouphène, mais nous autres... Excusez-moi encore une fois... Je dois sûrement pas être le premier à vous dire ça. On pense toujours qu'on est tout seul à voir ce qu'on a... Et je vous juge sans vous connaître, c'est un de mes grands défauts... »

Sa valise était posée entre eux sur le lit d'où il avait pourtant juré, quelques heures plus tôt, qu'il ne ressortirait jamais.

« Tout ce que je peux vous dire c'est que je vais essayer d'être patient... Mais je l'ai jamais été et je le serai probablement jamais. Surtout pour une chose comme celle-là... Même si "mon cerveau décide de pas toujours entendre la maudite bouilloire", j'entendrai pas plus du côté gauche !

— Ne pensez pas globalement. Prenez ça au jour le jour...

— C'est ça. Une nouvelle sorte de A.A. : les acouphènes anonymes !

— Vous voyez, tout n'est pas perdu, vous pouvez encore faire de l'humour...

— C'est de l'humour pour m'empêcher de hurler, docteur Harbour, c'est de l'humour pour pas me garrocher sur la fenêtre et...

— Deux fois en cinq minutes... Vous en parlez trop pour le faire.

— Chuis trop lâche pour le faire, vous voulez dire. »

La porte de la chambre s'ouvrit sur un Vincent plus nerveux que jamais et habillé trop chaudement pour cette belle journée de fin octobre.

« Bonjour, papa. Bonjour, docteur. Maman nous attend chez toi... »

Simon serra son fils sur son cœur, l'embrassa sur les deux joues. Pauvre petite chose qui souffrait toujours de tout et de tous. Il se réfugia donc encore une fois dans l'humour.

« J'espère au moins qu'a' s'est pas acheté un uniforme de garde-malade !

— C'est vrai qu'est ben capable...

— Pis j'espère surtout qu'a' pense pas que je vais la laisser coller... Chuis très capable de me débrouiller tout seul, merci beaucoup... »

Il surprit le regard de panique que son fils lançait au docteur et comprit qu'ils s'étaient déjà parlé, que la famille inquiète avait téléphoné au bon otorhino qui avait volontiers dispensé avis et conseils. Et qu'ils avaient encore pris des décisions dans son dos. Il avait envie de hurler. La conspiration continuait !

« Qui va te faire à manger ?

— S'il te plaît, Vincent, commence pas avec ça, c'est vraiment pas le temps ! J'me ferai dégeler des Stouffers ! J'mangerai des céréales ! J'me ferai venir du Saint-Hubert Bar-B-Q ! Du vietnamien ! Du chinois ! Du couscous ! Pas de vaisselle ! »

Il serra chaleureusement la main du docteur Harbour.

« Encore une fois merci pour tout ce que vous avez fait pour moi, le docteur Meyer et vous...

— C'est notre métier, nous sommes grassement payés pour ça...

— Ne vous essayez pas au cynisme, docteur, ça vous ressemble pas... Merci encore... »

Au poste de garde, Simon serra d'autres mains, embrassa des joues, des fronts, des dessus de tête. Il avait passé là les pires dix jours de sa vie, mais on l'avait gâté du mieux qu'on pouvait et il espérait ne pas avoir été un malade trop difficile. Était-ce vraiment un pincement au cœur qu'il ressentait en quittant le quatrième étage de cet hôpital qu'il avait pourtant tant détesté ?

« T'as l'air triste de t'en aller d'ici, papa…

— Chuis surtout triste d'avoir eu à venir ici, Vincent… »

Elle arborait cet air de martyre qu'il avait toujours haï, hérité de sa mère, digne de mère Thérésa, et dont elle s'était toujours servie pour attirer l'attention sur elle ou parvenir à ses fins. Jacqueline était une femme intelligente, vive, accomplie, mais elle tombait facilement dans une sorte de chantage émotif primaire, sans nuance, d'une évidence choquante, qui vous donnait parfois envie de frapper. Il lui avait souvent dit qu'elle était trop brillante pour utiliser un aussi pauvre stratagème ; elle avait toujours nié, disant que ce n'était pas du chantage émotif, qu'elle montrait toujours une vraie sollicitude, une vraie préoccupation pour les choses et les gens, qu'elle était une éternelle inquiète.

Elle l'attendait sur le perron en encorbellement de sa maison de Notre-Dame-de-Grâce, la tête penchée sur le côté, les yeux humides, une main sur le cœur. À peine descendu de la voiture de Vincent, Simon lui cria :

« Jacqueline, c'est moi qui ai été opéré, la semaine dernière, c'est pas toi ! »

Elle fit celle qui n'entend rien, le reçut les sourcils froncés et les joues humides.

« S'il te plaît, Jacqueline, change d'air, chuis pas à l'article de la mort ! »

Il grimpa difficilement les six marches qui menaient à elle, le bras passé autour de la taille de son fils qui lui glissa à l'oreille que ce n'était vraiment pas le moment de déclencher une de leurs fameuses scènes de ménage. Cela le ramena évidemment en arrière, il revit ses retours si peu glorieux après des absences prolongées et suspectes, ce silence pesant, plein de reproches, qu'elle lui opposait, s'attendant à des explications qui ne viendraient pas et jouant l'humiliée au lieu de se battre et de le confronter à ses agissements inacceptables. Puis l'explosion produite par un mot malhabile ou une tentative de plaisanterie pour alléger l'atmosphère. Il revit aussi ses deux fils assis dans les marches de l'escalier, rendus volubiles par la peur de ne pas le voir revenir, si différents mais si unis ; Hervé, le plus jeune, protégeant déjà son aîné contre les attaques et les moqueries, Vincent déjà écorché vif.

Le temps qu'on l'aide à entrer dans la maison, qu'on lui fasse traverser le vestibule puis le grand salon, qu'on l'installe dans son fauteuil sous un plaid dont il n'avait pas besoin, toute une vie familiale lui traversa l'esprit, animée, remuante, des années de bonheur relatif en comparaison des années plutôt plates qu'il connaissait depuis le départ de Jacqueline et des enfants. Aucun regret, non, mais, quelque part, très loin, un pincement.

Jacqueline avait tiré une chaise – trop près –, s'était installée, les mains sur les genoux, la tête toujours penchée sur le côté. Simon dut se retenir pour ne pas sourire. Si près de lui, comme ça, si « préoccupée », elle semblait effectivement plus malade que lui, et un visiteur venant à passer, c'était elle qui ferait pitié. Pauvre Jacqueline, si bonne, si dévouée !

Au bout d'une demi-heure à bavarder de tout et de rien – le temps n'était pas encore venu de leur parler des vraies choses qui le hantaient –, il déclara qu'il était fatigué, qu'il voulait se coucher.

La montée à l'étage fut longue et difficile. Marche après marche, se tenant d'un côté à la rampe et de l'autre à l'épaule de Vincent, il réussit à atteindre sa chambre qui avait si longtemps été leur chambre, à Jacqueline et à lui. Rien n'avait changé depuis le départ de sa femme, elle lui avait même laissé le couvre-lit, préférant se faire payer du neuf plutôt que de se contenter des choses qui dataient de leur mariage. Elle lui avait laissé la maison telle quelle et s'en était fait payer une nouvelle, plus petite, mais plus claire et plus aérée où elle vivait encore, elle aussi dans une solitude pesante qu'elle n'osait pas s'avouer.

Elle lui offrit un café, une tisane, de l'eau. Il accepta l'eau, la but à longues goulées, puis leur demanda gentiment de le laisser seul. Elle lui dit qu'elle serait en bas, qu'il n'avait qu'à l'appeler s'il avait besoin de quoi que ce soit. Vincent l'embrassa longuement en lui disant qu'il était persuadé que tout irait pour le mieux et très rapidement.

Resté seul, Simon ferma les yeux, se laissa un peu dériver en écoutant l'acouphène, dans son oreille gauche, qui l'accompagnerait désormais sans jamais connaître de modulation, de changement, de variation, toujours le même, cri continu, uniforme et terrible qui colorerait à tout jamais son univers sonore d'une seule note stridente et sans fin.

Comment survivre ? Il s'était rendu à plusieurs reprises au bord de la folie, avait jusque-là réussi à l'éviter, mais un soir de fatigue, de découragement, après un flop ou une histoire d'amour encore une fois décevante, ne se laisserait-il pas sombrer tout d'un coup, la tête la première, dans une crise sans fond qui le mènerait droit à la névrose dont on ne sort plus, à la psychose définitive ?

Il savait que la patience, du moins pour un bon moment, n'était pas pour lui, qu'il ne devait pas essayer de l'apprivoiser ni de s'y fier, qu'il devait trouver autre chose avant d'imaginer pouvoir l'utiliser.

Et il trouva juste avant de s'endormir : par un effort de volonté surhumain, pour sauver sa peau et sa santé mentale, il devait se convaincre qu'il avait besoin de son acouphène pour vivre. Sans lui sa vie était impensable. Il s'en ennuierait s'il arrivait à disparaître. Ce sifflement de bouilloire qui l'accompagnerait partout lui était désormais indispensable, il l'aiderait à se concentrer, la perte de l'ouïe elle-même ferait écran contre les sons qui l'agressaient. Il devait apprendre à s'en servir pour se débarrasser des fâcheux et des indésirables.

Oui, c'était cela, avant la maudite patience, avant la pierre philosophale, avant le creuset et la transmutation du plomb en or, avant Nicolas Flamel, Simon devait se convaincre que son acouphène faisait maintenant partie intégrante de son être et que, même... oui, il *l'aimait*.

Mais c'était peut-être ça, la patience, après tout.

Simon se tourna sur le côté droit et, pour la première fois, fit face à son problème plutôt que de s'y laisser submerger.

Key West, Montréal, février-mai 2001

DU MÊME AUTEUR

ROMAN, RÉCIT, NOUVELLE

Contes pour buveurs attardés, Éditions du jour, 1966 ; BQ, 1996

La Cité dans l'œuf, Éditions du jour, 1969 ; BQ, 1997

C't'à ton tour, Laura Cadieux, Éditions du jour, 1973 ; BQ, 1997

Le Cœur découvert, Leméac, 1986 ; Babel, 1995

Les Vues animées, Leméac, 1990, Babel, 1999

Douze coups de théâtre, Leméac, 1992 ; Babel, 1997

Le Cœur éclaté, Leméac, 1993 ; Babel, 1995

Un ange cornu avec des ailes de tôle, Leméac/Actes Sud, 1994 ; Babel, 1996

La Nuit des princes charmants, Leméac/Actes Sud, 1995 ; Babel, 2000

Quarante-quatre minutes, quarante-quatre secondes, Leméac/Actes Sud, 1997

Bristol Hotel, New York, N.Y., Leméac/Actes Sud, 1999

CHRONIQUES DU PLATEAU-MONT-ROYAL

La Grosse Femme d'à côté est enceinte, Leméac, 1978 ; Babel, 1995

Thérèse et Pierrette à l'école des Saints-Anges, Leméac, 1980 ; Grasset, 1983 ; Babel, 1995

La Duchesse et le Roturier, Leméac, 1982 ; Grasset, 1984 ; BQ, 1992

Des nouvelles d'Édouard, Leméac, 1984 ; Babel, 1997

Le Premier Quartier de la lune, Leméac, 1989 ; Babel, 1999

Un objet de beauté, Leméac/Actes Sud, 1997

Chroniques du Plateau-Mont-Royal, coll. « Thesaurus », Leméac/Actes Sud, 2000

THÉÂTRE

En pièces détachées, Leméac, 1970

Trois petits tours, Leméac, 1971

À toi, pour toujours, ta Marie-Lou, Leméac, 1971

Les Belles-Sœurs, Leméac, 1972

Demain matin, Montréal m'attend, Leméac, 1972

Hosanna suivi de *La Duchesse de Langeais*, Leméac, 1973

Bonjour là, bonjour, Leméac, 1974

Les Héros de mon enfance, Leméac, 1976

Sainte Carmen de la Main suivi de *Surprise ! Surprise !*, Leméac, 1976

Damnée Manon, sacrée Sandra, Leméac, 1977

L'Impromptu d'Outremont, Leméac, 1980

Les Anciennes Odeurs, Leméac, 1981

Albertine, en cinq temps, Leméac, 1984

Le Vrai Monde ?, Leméac, 1987

Nelligan, Leméac, 1990

La Maison suspendue, 1990

Le Train, Leméac, 1990

Théâtre I, Leméac/Actes Sud-Papiers, 1991

Marcel poursuivi par les chiens, Leméac, 1992

En circuit fermé, Leméac, 1994

Messe solennelle pour une pleine lune d'été, Leméac, 1996

Encore une fois, si vous permettez, Leméac, 1998

ADAPTATIONS (théâtre)

Lysistrata (d'après Aristophane), Leméac, 1969, réédition 1994

L'Effet des rayons gamma sur les vieux garçons (de Paul Zindel), Leméac, 1970

Et Mademoiselle Roberge boit un peu (de Paul Zindel), Leméac, 1971

Mademoiselle Marguerite (de Roberto Athayde), Leméac, 1975

Oncle Vania (d'Anton Tchekhov), Leméac, 1983

Le Gars de Québec (d'après Gogol), Leméac, 1985

Six heures au plus tard (de Marc Perrier), Leméac, 1986

Premières de classe (de Casey Kurtti), Leméac, 1993

TABLE

Première partie
MENACE DE TEMPÊTE.............................. 11

Deuxième partie
LE CALME AVANT LA TEMPÊTE 95

Troisième partie
LA TEMPÊTE 119

OUVRAGE RÉALISÉ
PAR LUC JACQUES, TYPOGRAPHE
ACHEVÉ D'IMPRIMER
EN OCTOBRE 2001
SUR LES PRESSES
DE L'IMPRIMERIE AGMV-MARQUIS
CAP-SAINT-IGNACE (QUÉBEC)
POUR LE COMPTE DE
LEMÉAC ÉDITEUR
MONTRÉAL

Nº D'ÉDITEUR : 4371
DÉPÔT LÉGAL
1re ÉDITION : OCTOBRE 2001
(ÉD. 01 / IMP. 01)